燃える息

パリュスあや子

講談社

【目次】

燃える息

呼ぶ骨

「呼ばれる」ことがある。そういうときは不思議と続く。例えば二週間前の、春休み最終日。

まだ少し肌寒いけれど、青空の広がる絶好のお出かけ日和だった。特に希望もない大学生活三年目が始まる前に、少しは実のあることをしようと朝から張り切って出かけた。午前中はミニシアターでポーランド映画、午後はナビ派の展覧会。せっかく都心で一人暮らしをしているのだから、地元にはなかった文化的体験をしなきゃ損という焦りがこびりついている。

お昼ご飯は満開の桜を愛でながら公園ランチにしようと閃《ひらめ》いた。代々木《よよぎ》公園まで足を伸ばすとかなりの人出で、空いているベンチを探すのも一苦労だった。ネットで検索して高評価だったパン屋さんの「当店イチオシ」サンドウィッチは、パンはふわふわ、具はぎっしりでなかなか好み。口コミなんて当てにならないけど、やっぱりがっかりしたくない。

私はデザート代わりのクリームパンに手を伸ばしつつ、桜には目もくれず芝生《しばふ》でバドミントンをしている若者たちを眺めた。同い年くらいかな。夢中で青春をまきちらしているけど、荷物はどこに置いているんだろう？

「ここだよ」

ベンチから近い木の根元に無造作に置かれたリュックやカバン。そのなかの小型のショルダーバッグが、私に呼びかけていた。

おしぼりで指先をぬぐって立ち上がると、ごみ箱にランチの残骸を捨て、回れ右して木の前でしゃがむ。靴紐を直しながら若者たちを横目で見ると、相変わらず大はしゃぎで羽根を追っていた。私はショルダーバッグを手に、のんびり立ちあがる。

　美術館も平日の割にそこそこ混んでいた。展覧会のメインビジュアルになっているモーリス・ドニの絵の前では人だかりができていたくらいだ。春の幻みたいに淡くて儚《はかな》い色使い。白いドレスをまとった女性たちは、ほほ笑みを浮かべているのにどことなく悲しそうで、この世には存在しない幸せを願っているような気がした。

　企画展の後、しっかり常設展まで見て回ったら疲れ切っていた。昔から、外にいるだけで消耗する。本当は早く家に帰ってごろごろしたかったけれど、思い切ってカフェに入った。美術館帰りに一人でお茶、というのはちょっとカッコいい気がしたし、充実した時間を過ごしているように感じたかった。

　チェーン展開しているカフェは三階建てで、二階席には参考書を広げてこれ見よがしに勉強している女性と、不機嫌そうにパソコンを睨んでいるサラリーマンが、それぞれ狭いフロアの両端に陣取っていた。私は二人の真ん中に座り、カフェオレを飲みながら展覧会で買った分厚い図録を広げた。

　解説を読んで眠くなってきた頃、女性が携帯を手に席を立った。階段を登っていくということは、お手洗いだろう。それを待っていたかのように、サラリーマンが音を立ててパソコンを閉じ、眉間《みけん》に皺を寄せたまま降りていった。

「イケるよ」

女性のトートバッグがくったりと形を崩し、無人になった席から私を呼んでいた。

最寄り駅前のスーパーは、夕飯の買い物客で活気があった。できるだけ自炊、がモットーだけど「今日は無理」とお気に入りの冷凍パスタをカゴに放り入れた。ついでに大量買いして有料レジ袋に詰めていると、隣にいた主婦が走り回る幼い子どもたちを怒鳴った。小心者の私は身を縮め、はち切れそうなエコバッグを抱えて大股で去っていく逞《たくま》しい後ろ姿に圧倒されてしまった。当たり前のように、買い物カゴは置きっぱなし。しょうがないな。私が片付けてあげるか。

「ありがとう」

カゴの中に忘れられていた財布に、お礼を言われた。


呼ばれたら、抗《あらが》えない。抗おうとすると、脳みそが沸騰して頭の中の圧力が急激に高まるのがわかる。鼻血が噴き出して、目玉が飛び出すんじゃないかと心配になる。いてもたってもいられない。このままだとおかしくなるんじゃないかと本気で思う。

呼ばれた瞬間は、緊張で身体が震える。突然囚われの身になり、死と隣り合わせになったようなプレッシャー。それから永遠のような数秒間で精神が研《と》ぎ澄まされていき、周囲の状況を肌で感じる。呼び声に応《こた》えるにはどうすればいいか、瞬時に理解できる。動き方、道筋、タイミング——あの万能感はなんなんだろう？

気付けば手の中に、私を呼んでいた物がある。私は心身ともに解放され、湧き上がる生を噛みしめる。でもその瞬間、もう手にした物は死んでいる。何も訴えてこない。後悔と罪悪感に苛まれて、心臓が潰れそうになる。

「呼ばせないでよ！　皆、もっとちゃんとしてよ！」

悪いのは私。最低なのは置き引きした私……わかってはいても、胸の内で叫ばずにはいられない。あの人が隙さえみせなければ！　心底恨まずにいられない。

ぐちゃぐちゃに乱れた心で、死んだ物を捨てる。そのときの私は、きっと酷《ひど》い顔をしていると思う。


〈置き引き多発！　注意！〉

大学構内の掲示板には、極太ゴシック体のポスターが貼ってある。入学したときからずっと。つまり、常に置き引き犯がいるということなんだろう。確かに学生たちは無防備極まりない。その気になれば盗みたい放題だ。でも私は構内ではしないと決めている。うずうずして喉を掻きむしりたくなるときもあるけれど、できるだけ誰かと一緒にいるようにして、自分を人の目という監視下に置く。

一人にならない。これが一番簡単で安全な「呼ばれない」方法だ。

「真白《ましろ》、今夜のゼミ飲みなんだけど……」

色褪せたポスターを眺めていると、ゼミ仲間の加奈《かな》に腕を突《つつ》かれた。ストーンびっしりのネイルが今日も尖っている。まばたきする度に音を立てそうな長いつけまつ毛に、つい見とれてしまう。

「実はおばあちゃんの具合が急に悪くなっちゃって。ホントごめんなんだけど、欠席でいいかな」

「もちろんだよ、気にしないで。早く元気になるといいね」

今夜は新二年生の歓迎会を兼ねたゼミ飲みがある。私も進んで参加したくはないが、幹事だからそうもいかない。例年、幹事は三年の仕事らしい。でもやりたい人なんていないから、なすり付け合いになる。皆が必死に面倒な役を逃れようとする淀んだ空気に負けて、結局引き受けてしまったのだ。

私はいつもこんなかんじ。自分の意志で決めるというより、様々な外的要因から選ばされている。進学した経済学部だって、就職に有利と親に勧められたから。数字を追いかける授業はけっこう好きだけど、ちょっと派手目の子が多くて、入学してからずっと背伸びしているかんじ。飲み会も頻繁で、気を使う。

でも、キャンパスライフを楽しめるようになりたいとは切実に願っているのだ。そのための努力だってしているつもり。

「ありがと！　真白が幹事で良かったぁ」

加奈は大げさに胸をなでおろして、無邪気に笑った。無事に飲み会をキャンセルできたことが、よほど嬉しいらしい。

「新しい髪型、やっぱイイね」

ついでにリップサービスで、私のウェーブヘアまで褒めてくれた。前はピンクベージュのロングボブだったけれど、就活も始まるから黒髪に戻したところ、ずいぶん重たく見える。正直、全然似合ってない。それでもありがたくお世辞を受け取っておく。

新学年は軽やかに、気分一新して始めよう！　と、気合いを入れてイメチェンを図ったのに、鏡を見る度に、丸顔にワカメが張り付いてるみたいだな、とため息が出てしまう。

「明らかにドタキャンする奴が悪いだろ。本人に払わせろよ」

百％かかるキャンセル料を参加者から少しずつ徴収しようとしたら、早速先輩に怒られてしまった。これ以上お願いして喧嘩になるなんてバカらしい。私が払えばいいや。

「加奈のおばあちゃん、心配だね」

引っ込み思案で小柄な朋子《ともこ》が、レトロゆえに今時っぽい黒縁丸眼鏡をずり上げながら、中ジョッキ片手につぶやけば、

「例の男とはどうなったのか、ゆっくり聞けると思ってたのに」

個性的な銀のメッシュが決まっている噂好きのみくりが、長身を折り曲げて、カシスソーダで顔を真っ赤にしながら言う。

私たちは仲良し四人組ということになっている。時々、ちょっと方向性の違いを感じるときもあるけれど、ゼミのなかで居場所ができたことに感謝している。友達は大切にしなくちゃ。

氷で薄まった黒酢サワーを飲み干して、居酒屋の入り口にあるレジで会計をしていると、外でタバコを吸っていたらしい門脇《かどわき》先輩が戻ってきた。

「幹事お疲れさま。加奈から、ちゃんともらえよ？」

ひょろっと細身の門脇先輩は、あまり目立たない。集まりがあれば必ず顔を出すマメなタイプだけど、輪の中心にいる人じゃない。むしろ影が薄い。でもさりげなく行き届いていて、優しい。

「理由が理由ですし、加奈に問題ないって安請け合いしちゃったのは私なので。今月は特にお金を使う予定もないし、大丈夫です」

思わずそんな回りくどい愚痴をこぼしてしまうのも、門脇先輩が私を心配してくれるとわかっているからこそだった。

「それじゃだめだよ。真白は人が好《よ》すぎる」

慌てたように尻ポケットの財布を取り出されて、私のほうが慌てる。そこまでしてほしいとは思ってない。ただ、ちょっと親身になってもらいたかっただけ。優しくされたかっただけ。

先輩の出したお札を受け取るまいと、押し付け合いになる。そういうことを望んだわけじゃないんだってば。でも私が受け取らないと悟った先輩は、レジカウンターの上に音を立てて置いた。

「俺のためだから。俺の気が済まないから」

そう言いながらビシッとお金を指さした先輩の顔には、照れくささの中に誇らしさが見え隠れしていて、ちょっと引いた。

「ところでさぁ……」

　急にもぞもぞし始められて、困る、と直感的に思う。

「ところで、なんですか」

　つい素を出して冷たく問い返すと、先輩は私の無表情すら気付かなかったようで「いや」と含みある笑顔で去って行った。

　困る。先輩のお金も、好意も、困る。

　自分の財布に先輩のお金を入れることはできない。好意まで受け取ったことになってしまいそうだし、借りを作りたくない。こうなったらレジ横の募金箱に全部入れてしまえ。この平和で無益な飲み会が、少しでも他人のためになるなら素晴らしいじゃない？


「真白も行こうよ」

「カラオケ苦手だから」

「とかいって、本当は歌うまいくせに」

　私は朋子とみくりに両脇から絡められた腕を、さりげなくほどく。

「あれッ、行かないの？　付き合い悪いなぁ」

　門脇先輩が冗談っぽく口を尖らせたので、半笑いで会釈する。

上機嫌の酔っ払いたちに手を振って、今夜のミッション終了。できるだけ人といるようにしてはいるが、そろそろ限界だった。二次会組と別れて一人熱くなった頬を夜風にさらして歩いていると、ようやく深く息を吸える心地がした。

まだそう遅くない時間なのに、帰りの電車に爆睡しているスーツの男性がいた。三十代くらいか、カバンを抱え込むようにして頭を落とし、カーブの度に上半身を盛大に揺らしている。頭上の網棚には、白い大きな直方体の紙袋が載っていた。結婚式の引き出物かな？

何本もの路線が交わる大きな駅に到着すると、どっと乗客が降りた。でも乗ってくる人はほとんどいないなぁ……なんて思っていると、ドアが閉まる直前に男性がぴょんと跳ね起きた。ドアに突進し、一度挟まれ、周囲の失笑を誘いながらもどうにか下車したのには感心する。でも、あれ？　網棚の荷物は――？

呼ばれた。

心拍数が上がる。お酒を飲んだときとは比較にならないほど身体が熱く燃える。カッと血が沸く。今夜一番の、最上の酔い。

世界の輪郭がほどけて揺れるなか、白い紙袋だけがくっきりと光り輝いていた。優しい声に意識を摑まれる。「今夜もよく我慢したね」……極度の緊張に身を強張《こわば》らせながら、ゾクゾクするような興奮がせり上がってきて唇を舐めた。

車内を見回すと、周囲はスマホに熱中しているか、寝ているかだ。最寄り駅に近づく。アナウンスが流れる。私は降りる間際、落ち着き払って網棚に伸びあがる。紙袋に触れた瞬間、指先から身体全体に痺れるような恍惚《こうこつ》が広がった。

重ッ！　食器？

下ろした袋の予想もしていなかった重量に驚いた。それでも眉毛一本すら動かさなかった自信はある。百年前から自分のものだったような自然さで手にして、当たり前のようにホームに降りた。

駅の女子トイレは最近改修工事がされて、個室の荷物置きも綺麗で広くなり、なにかと便利に使わせてもらっている。いつもの個室で紙袋を置いたところで、目がくらむような達成感と疲労を感じた。

私はこの時が、いつも怖い。これから先に感じるのは、鉛を飲み込んだような罪の意識だけだと知っているから。

それでもあさましい好奇心は抑えきれず、袋の中を覗いた。濃い紫の風呂敷に包まれた四角いもの。嫌な予感がした。でも怖いもの見たさに、つい風呂敷をほどく。木箱だ。おそるおそる蓋を開ける。これって、もしかして……

骨壺《こつつぼ》⁉

白くつやつやした磁器が顔を出し、ギョッとして蓋を閉めた。気が動転して、風呂敷を包み直すことすらうまくできない。

どうしよう。

また心拍数が跳ね上がったけれど、今度は身体が冷たくなる。どうしようもできない。置きっぱなしにして立ち去るしかない。

　トイレの個室を出て、改札に向かう。気が急《せ》いて早歩きになる。

「ちょっと！　ちょっとあなた！」

　親切そうなおばさんの大声が追いかけてきて、無視しようとしたけれど足がすくんでしまった。

「ほら、忘れ物。良かった、間に合って」

　息を弾ませたおばさんは、額の汗をきらめかせながら満面の笑みで紙袋を突き出してきた。私はなすすべもなく、まごついたお礼を述べ、両手でしっかり受け取ってしまった。

　どうしようどうしよう。

　こうなったら、途中で捨てていこう。お骨には申し訳ないけれど、私を恨まないでください。

　近くに人気《ひとけ》がないことを確かめて、暗い夜道のごみ収集場所にそっと置いた。黒いごみ袋が山になっている横で、白い紙袋は居心地が悪そうだった。一目散にその場を離れてみても、冷や汗が止まらない。祟《たた》られそうで怖い。

　どうしようどうしようどうしよう。

　ほとんどパニックだった。走って戻って紙袋を回収すると、一人暮らしのマンションまで、全力疾走した。持ち手の紐が指に食い込む。なんで見知らぬ人の骨を、家に持ち帰らなきゃいけないわけ？

そんなの、「呼ばれたから」としか言えない。

オートロック。防犯カメラ。ＪＲとメトロ、両方使える好立地。ベランダ付き高層階。１Ｒだけどバストイレ別。ここに来た友達は必ず「すごく良い家だね」と言う。

家賃は親持ち。去年働いていたバイト先を人間関係で鬱っぽくなって辞めてから、毎月多すぎる仕送りまでしてもらっている。恵まれた贅沢な暮らしだってこと、私が一番よく知っている。

だからもうこの家を、誰にも知られたくない。

お風呂にゆっくり浸かると、ようやく気持ちが落ち着いた。使い捨てパックを顔に貼りつけ、気分転換にマニキュアを塗る。明るい色をと思い、オレンジを選んでみた。爪を伸ばしていないから、あまりかわいくならない。でも綺麗に塗れれば、単純に嬉しくなる。

爪が乾くのを待ちながら、つい部屋の片隅に目が行ってしまう。骨壺の入った紙袋。指を広げてひらひら振りながら、こそ泥歩きで近づく。当たり前だけど、骨はうんともすんとも言わない。でも不思議と、いつもみたいに「死んで」はいない。

この骨は、一体どんな人だったんだろう。どんな人生を送ってきたんだろう……

遺族に忘れられたのだろうか。だとしたら探しているだろうな。今頃、心配して号泣しているかもしれない。

「だけど普通、遺骨を網棚に置く？　忘れるってありえる？」

ツッコミを口にしていた。一人暮らしを始めてから独り言が増えたのは自覚している。

「じゃあ、わざと放置……？」

言葉にすると、胸がひび割れるような痛みが走った。もしそうだとしたら、なんてむごい話だろう。私という赤の他人の手に渡ってしまって、骨は、故人は、嘆き悲しんでいるに違いない。

つやつやの爪で、風呂敷包みを取り出した。せめて床ではなく、棚の上に置いてあげよう。孤独な骨を思うと、なんだか泣きたくなってくる。そして遺族に対して、真剣に腹が立ってきた。

「なにやってんのよ、私を呼ばせないでよ！」


翌日の五限、ゼミ室に入ると重苦しい空気が漂っていた。いつも声高《こわだか》におしゃべりに興じている先輩たちは静かだし、新二年生も気まずそうに顔を寄せ合っている。

加奈とみくりは神妙な顔で、気落ちした様子の朋子を囲んでいた。悪いニュースしか予感させない状況に、このまま逃げ帰りたくなる。

「どうしたの？」

私の声に顔を上げた朋子の瞳が、動揺したように揺れた。

「昨日、真白が帰った後ね、朋子のお財布がなくなっちゃって」

みくりがこの時を待ちかねていたように、一気にまくしたてた。

「皆で探したんだけど見つからなかったの。どこかで落とした可能性なんてほとんどなさそうだし、盗まれたんじゃないかって――」

呼吸を忘れた。

身体を刺し貫かれたピン止めの蝶のように立ち尽くす。でもなにか、なにかこの場にふさわしいことを言わなくちゃ……

「そうだったんだ。ショックだよね。見つかるといいね」

骨から脆そうな朋子は、少女のようにこくりと頷いて、引きつったような痛々しいほほ笑みを浮かべた。

ゼミが始まっても教授の話は何も入って来なくて、混乱した頭でホワイトボードに書き込まれては消される文字を見つめていた。

私じゃない。私がやったんじゃない……

初めて間近に「盗み」を経験したのは、大学一年の初夏だった。上京して数ヵ月経っても満員電車に慣れなくて、毎朝げっそりしていた頃。その日も車内は鮨詰め状態だったのに、一部の空間だけ奇妙に空いていた。乗客に圧し潰されながら、くたびれたスーツの肩越しに、だぼだぼのスエットやらヒョウ柄やら、一般的感覚では躊躇《ちゅうちょ》しそうな服装の男たちが見えた。床にしゃがみこんだり、短い脚を偉そうに広げて場所を取る、「いかにも」なオニイサンたち。

誰か注意してくれないかな……私は祈るような、試すような気持ちで車内を見回したけれど、誰もが無言で「迷惑」という静かな怒りを発するだけだった。

そりゃ下手して絡まれたらヤダもんね。沈黙は理解できますよ。ただ、自分にも周囲にも少しだけ失望した。

私は伏し目がちに男たちを観察しながら「早く降りろ」と念じた。こちらに背中を向けていた男は目を疑うレベルの腰パンで、丸出しの真っ赤なブリーフがまばゆすぎ。脱げそうなズボンの尻ポケットにはブランドものの長財布がぎりぎりのところで引っ掛かっていて、今にも転げ落ちそうだ。

ようやく駅に着くと、どばりと乗客が吐き出された。降りようとする人の波が私を押しやり、流された目の前でドアが閉まった。

「財布がねぇ！」あの取り乱した叫び声は、きっと一生忘れない。

振り向けば、あの腰パン男が周囲に嚙みつく勢いですごんでいた。でも、明らかにスリ。とっくに犯人は下車しているだろう。

私は見てもいないのに、長財布を引き抜いたスリの手つきを鮮明に思い描けた。そのあまりに美しいイメージに震えた。

見苦しく騒ぐ男に対して、車内から「いい気味」という声が聞こえてきそうな気がした。私も心底スカッとして、笑いたくなった。

——隙をみせた腰パンが悪い！

それからは満員電車にも密かな楽しみが生まれた。もみくちゃにされながら、あれは盗《と》れそう、これは難しいかも……そうやって品定めをして妄想を膨らませる。だからって別に、本当に盗みをしようと企んだわけじゃない。ただ他人の隙を探して、心の中でそれを指摘するゲーム。それだけで充分満足できていたのだ。

呼ばれるまでは。

その年の年末、夜のメトロは忘年会帰りらしい赤ら顔の乗客が多かった。私の隣にやってきたOL風の女性は、座った瞬間に眠りに落ち、しな垂れかかってきた。酒と香水のまじる強烈な匂いに眉をひそめて睨んだとき、私と女性の間にエナメルのバッグがあることに気付いた。

「持っていく？」

ぴかぴか光沢を放ちながら、バッグは私に呼びかけていた。

未知のボルテージがぐんぐん高まることに慄《おのの》きながら、導かれたように指先でそっとバッグに触れると、ビリッときた。血の気が引くような快感。あとはほとんど無意識だった。

U字型の持ち手を握りしめ、立ち上がった。女性は支えがなくなって倒れそうになり、私は突き上げてきた恐怖から呼吸が浅くなった。振り向いたらオシマイ……なぜか強くそう感じた。

ホームに降りても、前だけ見てまっすぐ歩いた。誰かに操られて動いている自分を、手に汗握って遠くから見守っているような、身体と心の乖離《かいり》。それでもメトロが発車すると、去っていく車両を目で追ってしまった。女性は体勢を立て直し、幸せそうに腕を組んで眠り続けていた。

私は深呼吸して、ぺたりと冷たいエナメルバッグを持ち直した。呆気ないほど簡単で、眩《め》暈《まい》がするほど興奮していた。

自分の家に知らない人の骨があるのは、変な気分だ。だけど怖くはない。ホラー映画も見られないし、お化け屋敷にも入れないくせに、なんでだろう。骨をどうにかしなくちゃと思いながら、ぐずぐず置きっぱなしにしていた。

棚の上で異様な存在感を放っている風呂敷包みをほどくと、素朴な木箱を両手で持ち上げ、丁重に揺すってみた。こと、と控えめな音がしてドキリとする。

この骨は男か女か。いくつで亡くなったんだろう。老人の骨にしては重すぎるような気もするけれど、単に壺が重いのかも？

そう考えると、壺をじっくり拝みたくなってくる。

「失礼します……」

一応お声がけして、木箱を開けた。骨壺をテーブルに置いて眺めてみる。白くてシンプルな壺。円筒で蓋の中央はふっくらしていて、昔おばあちゃんがお茶のお稽古に使っていた、棗《なつめ》の形に近い。そういえば親族のお葬式に参列したこともないし、骨壺の実物、初めて見たかも。こんなに綺麗なんだな。

「あなたは忘れられたんですか？　捨てられちゃったの？」

死んだ後もみじめだなんて。私はまた泣きたくなってくる。でも、実はものすごい悪人で、骨自身「自業自得」と諦めていたりするのかもしれない。

唐突に朋子のうっすら青ざめた顔が思い出されて、首を絞められたように苦しくなる。朋子の財布を盗ったのは私じゃない。でも、その他大勢から置き引きをしてきた常習犯だ。

「私が死んでも、似たようなものかな」

私は骨に語りかけていた。骨壺の曲線を指の腹でなぞる。すべすべして気持ちいい。こんなにも痛切に親近感が湧く相手も、初めてかもしれない。

四月も後半に差しかかり、就活スーツというのを買ってみた。しかしなんでこう真っ黒なんだ？　微妙なひざ下丈スカートもダサい。一日中歩き通せる黒い革靴も必要になり、面白みのない黒トートバッグも探すはめになる。

私のワカメウェーブは半月もすれば落ちてきて、こうなったら後ろで一つに結うことにした。まとめるにはまだ短くて、毛先が跳ねてカッコ悪いけど。

揃えたコーディネートを活用して合同企業説明会はどんなものかと偵察に行くと、やっぱり全身黒ずくめの学生がうじゃうじゃいて気が滅入った。営業スマイルを張り付けた人事担当の話に頷きながら、それらしくメモを取ってはみても、今現在もままならないのに未来なんて描けるわけない。

でも、私のようなぼんやり学生ばかりじゃないらしい。説明会で一番衝撃的だったのは、参加学生のキリリとした意欲的な顔つきだった。手を挙げて質問する人までいる。

私は就職できないんじゃないか……不安だけ煽られて、会場を後にした。

スーツでゼミに出席するのは気が引けるけど、着替える余裕もない。ぼろ雑巾のようになりつつ大学の女子トイレで化粧直しをする。鏡の中の私はあまりに生気がなくて、ちょっと焦る。チークでも足そうかな。

「もう就活？　張り切ってるね」

「いつもちゃんとしてるもんね、真白は」

加奈とみくりがやってきて、咄嗟《とっさ》に笑顔を作ったものの、二人の声の微妙な棘《とげ》に気付いていた。私はふたつの冷笑を前に緊張してしまって、必要以上に明るく言う。

「全然だよ！　今日も他の学生に圧倒されて逃げ帰ってきたとこ」

ふーん、とどうでも良さそうな返事。加奈は顎をしゃくって私が手にしているマスカラを示した。

「また新しいの買ったんだ？　バイトも辞めたのに、リッチじゃん」

なんと返事をしていいのかわからなくて、曖昧にニヤニヤしてマスカラをポーチにしまう。自分の卑屈な態度が情けない。

「去年のクラス会でも、お財布なくなった子いたよね。あのときも真白、先に帰っちゃって」

「えッ⁉」

声が裏返ってしまった。なに？　もしかして朋子の財布のことで、私を疑ってるわけ？　くらついて、思わず洗面台に手を突く。

「居酒屋を出る前、朋子がトイレ行ってるときに荷物を預かってたのが真白だったなぁと思って。幹事だから一人で立ってあちこち行っても、誰も気にしなかったしね」

過呼吸に陥りそうな私とは視線も合わせず、みくりはまるで独り言みたいにしゃべった。

「私のこと疑ってるの？　私じゃないよ？　友達の財布を盗るなんて、絶対しない」

否定しながら目が泳ぐ。うわ言のように繰り返すほど、二人の視線が冷たくなる気がする。

違うのに。それは違うのに。

涙が溢れそうになったとき、話題にされていた朋子が入ってきて、この緊迫した状況に目を丸くした。

「お財布、私が盗ったんじゃないよ。荷物は預かったけど、中も見てないし、他の人も触ってない。本当だよ、信じて」

恥も外聞もなく懇願した。私に縋《すが》りつかれた朋子は、ますます驚いて身体を硬くした。

「そんなの当たり前でしょ。真白じゃない。荷物受け取ったときは、まだあった気がするし」

「会費払った後は、財布のこと覚えてないって言ってたじゃん」

みくりが不服気に言うと、加奈はシラケた顔で肩をすくめた。

「別に真白がやったなんて、誰も言ってないしね？」

私は唇を噛みしめた。悔しい。

でも何も言い返せない。

みくりと加奈がプイと出て行ってしまうと、朋子は心配そうに私の顔を覗き込んできた。潤んだ哀し気な瞳が、大丈夫？　と問いかけてくる。その思いやりが、私をさらに追い詰める。

「今日は就活で疲れちゃったから、やっぱりゼミ休むね」

朋子は私のサボり宣言になにか言いかけたけれど、実際あまりにひどい顔をしていたせいか「お大事にね」と泣き笑いになった。


「真白？　帰んのか？」

校舎を出たところで呼び止められた。いつも遅刻ギリギリの門脇先輩だった。

「ちょ、顔色悪すぎるぞ。どした？」

私がうつろな顔で振り向くと、しどろもどろになりながらも必死に声をかけてくれて、鼻がツンとしてしまう。

「なんか、勘違いされちゃったみたいで……」

まただ。つい甘えたことをぬかす。私は先輩の優しさにつけ込もうとしている。でも止まらない。聞いてほしい。言わせてほしい。

先ほどトイレでかけられた疑惑について語っていると、怒りや悔しさ、情けなさ、全ての負の感情が波立ち、私を身体の底から激しく揺さぶった。

いつも穏和な先輩が、珍しく顔を歪めている。苦しそうに眉根を寄せて頷きながら、一生懸命私の話を受け止めてくれている。今ここに私の味方がいることが、頼もしかった。

だからって、この虚しさは消せない。

友達に疑われるなんて……全力で大切にしてきたのに。いつも感じ良くしてきたのに。面倒な頼み事をされたって、嫌な顔もせず引き受けてきたのに。

私がどれだけイイ人ぶってても、疑われるようななにかが滲み出てるってこと？　骨の髄から腐ってるって？

まぁ、そうなんだけどね。

「なんだよそれ！　ひどいな！　真白が人のもの盗むなんて、するわけないだろ。真白はそんな奴じゃない」

門脇先輩は、顔を真っ赤にして怒っていた。怒ってくれた。私もこうやって、素直に感情をぶつけられればいいのに。なによりも私自身がやってきたことのせいで、身動きが取れない。

「俺は、真白を信じてる」

その言葉は、妙に台詞っぽく空々しく聞こえた。なぜか置き引き注意ポスターの、極太ゴシック体を思い出す。

門脇先輩の真顔を初めて見た。茶化すことのできない、ひたむきな強い視線。先輩はその誠実さで、悲劇のヒロイン役に酔っていた私の頬を引っぱたいた。

目が覚めた私は、今まで以上に途方にくれる。この人に、なにを求めていたんだっけ。どうしてほしかったんだっけ。

気付けば先輩に肩を抱かれていた。その腕が生温かい。重い。優しくされたいのに、されたくない。

「失礼します」

先輩の腕をすり抜け、小走りになる。独りになりたい。この世界から逃げ出したい。

校門を抜けて駅までの一本道は桜並木で、もうほとんど散ってしまったなかでも最後の桜が舞い散っていた。私は白くちらちら視界を騒がす花びらさえ煩わしくて、大声で叫び出したかった。


外に一歩も出ず、ずっと独りで家に籠っていたら、人に嫌われないかビクつかないですむし、「呼ばれる」こともない。でもイライラする。

帰宅してまず脱ぎ捨てた黒いスーツを、乱暴にハンガーにかけた。肩の後ろに桜の花びらが一枚くっついていることに気付き、苦々しい気持ちでそれをつまみあげる。桜に罪はないが、憎しみを込めて指先でよじった。汚らしくなったそれは、生ごみだ。

現実逃避にネットでドラマを見始めても、集中できない。頭を空っぽにできそうなコメディだと思ったのに、どうして主人公がこうも底抜けに明るくて無神経なの？

いつもより丁寧に入れたはずのミルクティーもおいしくない。袋を抱えてクッキーを食べ始めても、もそもそ味気ない。

あ。

あの感じ。

頭の中が沸騰して、このままじっとしていると気が変になりそう。私は立ちあがり、掃除をする。洗濯もする。整理整頓もやり直す。

でも収まらない。熱い。喉がカラカラだ。冷めたミルクティーには目もくれずに、水道水をがぶ飲みする。氷をかみ砕く。自分の脳みそをひきずりだして、冷凍庫に突っ込んでやりたい。

どうしよう。

置き引きしたくてしたくてしたくてしたくてしたくて、できなきゃ死んじゃう！　アル中患者みたいに震えている手が、自分のものだという実感がない。

「隙をみせるほうが悪いんだ。皆がもっとちゃんとすればいいだけ……」

衝動に負けた。

急かされるように出かける準備をする。誰かの荷物を持って歩いていても不審に見えないように、小さなポーチひとつに身の回り品と定期券を入れ、スプリングコートを羽織る。玄関に屈《かが》みこんでぺたんこ靴を履きながら、ゼェゼェと荒い息をしている私は、一体なんなんだろう？

ダメ。出かけちゃダメ。

わかっているのに、制御できない圧倒的な力に押し流されてしまう。

「がんばれ私。家にいなさい」

自分を叱咤し、踏みとどまろうとする。歯を食いしばる。なのに指先が勝手に家の電気を消していた。

私はまた自分自身に絶望を深めながら、それでも置き引きを続けないではいられないのか。

脂汗を流しながら暗い室内を振り返ると、テーブルの上がポッとほの明るかった。真っ白な骨壺が、柔らかに発光しているように見えた。

呼ばれた。

呼び止められた。

「……このままじゃダメだよね？　私、ビョーキかな？」

苦しい。苦しいよ。

立っていられなくて、胸を押さえてその場でしゃがみこむ。頭を低くして丸まると、小さい頃、近所の子供たちの輪に入れなくて、ひとり離れて砂場で丸くなっていた記憶が蘇った。きつく目をつぶる。現在も過去も、未来だって見たくない。真っ暗な世界に逃げ込んで、祈る。誰か。誰でもいい。

助けて……

ふと、まぶたの裏にチカチカと白いものが動いた気がした。それは先ほど目にした桜吹雪《ふぶき》の舞いのようにも、もっと確固としたもののようにも思えた。その白いものの正体を見極めようと集中する。暗闇に目が慣れていくように、徐々にそれが見えてきた。

骨だ。

高校の理科室にあった模型のようにヒト形になった骨が、かくかくと動いている。どこかユーモラスで、踊っているみたい。性別も年齢も不詳。誰でもなく、誰でもある、骨。

まぶたの裏の骨のダンスを眺めているうちに、いつのまにか嫌な汗が止まっていた。心が穏やかになって、少し呼吸が楽になっていることに気付いた。

あの日逃げ帰った授業がゴールデンウイーク前の最後のゼミで、しばらく加奈やみくりと顔を合わせないですむことにホッとした。朋子は心配してメールもくれたけれど、連休に遊びに行こうという誘いは、適当な理由をつけて断ってしまった。

私は一週間、家で静かに骨とすごした。食品の買い出しとごみ出し以外では一歩も外に出なかった。

また発作のように置き引きの衝動がやってくることだけが怖かった。でも不安になりそうなときは、骨壺を両手で包んでじっと気持ちを落ち着ける。手のひらに吸い付くみたい。温かみすら感じる。私は霊感もないしスピリチュアルとか信じていないけど、孤独な骨が寄り添ってくれているという想いは日に日に強くなった。

毎日スケジュールを立てて、それをきちんとこなそうとすると、意外にも時間はあっというまにすぎる。スケジュールといっても、ネット二時間、フィットネス三十分、みたいなゆるい予定だけど「骨研究一時間」は毎日欠かさなかったし、結局オーバーすることも多かった。私はこの休みのおかげで「遺骨問題」についてだいぶ詳しくなったと思う。調べてみればみるほど、私を呼んだ骨は、やはり故意に置き去りにされたのだという確信が強まった。でも遺族が骨を、いや、故人を嫌っていたとか恨んでいたのではなく、供養してあげたくてもできない経済的理由があった可能性に気付かされ、切なくなった。

明日こそ、骨とお別れしなきゃ。

寝る前にいつもそう思う。でも私が届け出たら、この骨は正式に「無縁遺骨」となってしまうだろう。そうしたら、どこか専用倉庫みたいなところに押し込められて、忘れられてしまうのか。そんなの辛すぎる。

私が骨のためにできることって、あるのかな……

行きがかり上、と言っていいのか、私の骨研究は最終的に葬儀研究に発展した。連休が明ける頃には、散骨業者の人材募集ページのお気に入り登録が相当数になっていた。

何事もなかったかのような顔で、皆に会おう。

そう心に決めて、何度も鏡の前で笑顔の練習をしてから大学に出陣した。久々に「仲良し四人組」が揃うことに少し緊張しながら、学生で賑わう学食内を探す。みくりから「ランチ集合！」とメールをもらったものの、どこにいるんだろう……

「真白！　こっちこっち！」

二階席から身を乗り出して手を振ってくれたみくりは屈託ない笑みを浮かべていて、私も自然に笑えたと思う。

二階には朋子もいて「元気だった？」とまずは軽い近況報告会。

「良いニュースと悪いニュース、どっちから聞きたい？」

連休にアウトレットでゲットしたという雫型ピアスを揺らしながら、みくりは黒目を輝かせて聞いてきた。

「良いニュース、かな」

悪いニュースは聞きたくないな、と思いながら答えると、みくりはニィッと真っ赤な唇を横に広げた。

「朋子のお財布、見つかったんだって！」

「本当⁉　どこでッ？」

自分でもびっくりするくらい大声をあげてしまった。朋子は私の険しい目つきに責められていると感じたのか「警察から連絡があって」と恥じ入るような小声で言った。

「公園に落ちてたんだって。スリってお金だけ抜いて、他は手を付けないで捨てたりするんだってね。盗られたのは災難だったけど、免許証とか無事に戻ってきて本当に良かったよねぇ」

仕切り屋のみくりは早口で補足しながら、スマホをいじり出した。

「そうなんだ。ホント、良かったね……」

私はしぼんでしまった。良かった。安心した。すごく嬉しい。なのに笑顔を維持できない。針でほっぺたを一突きされたみたいに、少しずつ空気が抜けて口角が下がる。なんだろうこのモヤモヤは。

「騒がせちゃってごめんね」

何も悪くない朋子は何度も何度も謝ってくれるけど、みくりは私を疑ってたことも忘れちゃったわけ？

わかるよ、私だってあの一件はもう蒸し返さないって決めてたし。わかってるよ、私は謝罪されるべき人間じゃないことくらい。

でもさ、一言くらい。せめて、ちょっとは申し訳なさそうにしてもいいんじゃないの？

「それで、悪いニュース。ってか最低なんだけど」

私の内なる悪態に気付くわけもなく、みくりが鼻息を荒くしながらスマホ画面を押し付けてきた。加奈の写真だ。夜景をバックにした爽やかイケメン風とのツーショット。

「これ、ゼミ飲みの日」

みくりが吐き捨てた言葉の意味を理解するのに、少し時間がかかった。

「じゃあ、おばあちゃんの具合が悪いっていうのは――」

「嘘！　コイツとのデート優先するためだよ！　でも鍵アカでリア充ぶって実況中継とか、頭悪すぎ。加奈さ、連休も体調悪いからって約束ドタキャンしたんだよ。ありえなくない？

彼氏できた途端に変わる女って痛いよね。あ、でもこの感じだとまだ彼氏じゃないのかもモノにしたくて必死なんだろうね。ダサ〜」

かろうじて残っていた、我慢とか理性とかそういう類が、パン！　と音を立てて砕けた。

アホか。おまえらアホなんか。

加奈、なによりもまず、おばあちゃんに謝れ。

みくり、あんたの剝き出しの憎しみは、根本的に嫉妬だってバレバレだから。

そして私。おまえはなんで死に物狂いで、こんなズッコケ四人組にこだわってきたんだ。なにを守りたかったんだ。

「ちょっと真白、鼻……」

朋子に呆然と指を指されて、ようやく鼻血が出ていることに気付いた。上を向いて、鼻を揉むようにこする。頭の中の圧力が、最高潮に達していた。これから目玉も飛び出るかも。もう無理。

「もう無理」

あれ？　いま私、心の声を口に出してた？　でもいいや。もう、いいや。鼻をつまんだまま、階段を駆け下りていた。

イライラする。

構内をずんずん進みながら、気が違ったような高速眼球運動で周囲に視線を走らせる。隙だらけの学生たち。アイツも、コイツも、胸倉を摑んでブンまわしてやりたい。

――もっと注意してよ！　ちゃんとしてよ！

私は怒りのど真ん中に立ち止まって、鼻から手を離した。もう止まったかと思ったのに、足元に鮮血がしたたり落ちた。

「真白！　待って、ちょっと話させて！」

朋子が泣きそうな顔で走ってきた。そのわりに、怯えた仔羊のように腰が引けている。私が黙ったまま鼻をつまんでマヌケ面をさらしていると、朋子は大きなトートバッグの中をかきまわし始めた。顔をつっこむようにして何を探しているのかと思えば、駅前で配っているキャバクラ求人のティッシュを差し出してくれた。

大学はいくつかの校舎の群れでできていて、たまに独りを満喫したいときは一番古い校舎にある中庭に行く。いつも日当たりが悪くて春でも肌寒く、学生の姿はほとんどない。でも小さな池の金魚は減ったり増えたりしている。死ぬのもいれば、新たに放たれたりもするのだろう。私の癒しスポットで友達と来たくはなかったけれど、鼻にティッシュを詰めながら密やかに朋子の話に耳を傾けるのに、ここより良い場所は思い付かなかった。

二人で隅っこのベンチに腰かけると、私はまず鼻のティッシュを詰め替えようと朋子から顔を背けた。

「財布、なくなったと思ったの、勘違いだったの」

不意打ちだった。ティッシュを丸めていた手が止まる。

「すごく酔っ払っちゃってて、本当になくしたか盗まれたと思って大騒ぎしちゃったの。何度も確認したのに、ペタンコの財布、バッグの底にあったのに、中が汚すぎて気付けなくて。家で見つけたとき、死ぬほど恥ずかしかった。すぐに謝らなきゃって思ったけど、みっともなく泣いちゃったし、あれほど皆に心配かけといて『私の勘違いでした』って言えなくて……」

のろのろ作業を終えて朋子を振り向くと、涙が溢れる瞬間を目の当たりにしてしまった。

「黙っててもイイや、あとで見つかったことにしても変わらないって思った。でも真白が疑われるなんて……みくりも加奈も怒ってて、ますます本当のこと言うのが怖くなっちゃって——」

耐え切れなくなったように、朋子は眼鏡をずり上げて目を押さえた。ひぐっひぐっと苦し気な嗚咽《おえつ》が漏れてきて、私の爆発寸前だった頭は急速に氷点下まで冷えていった。

「ごめん。ごめん真白……私のせいで嫌な思いさせちゃって、本当にごめん。私、ズルいよね。ひどすぎるよね」

身体全体を震わせてしゃくりあげる朋子を、ただただ眺める。朋子は守ってあげたいと他人に思わせる、わかりやすい弱さがある。弱いけど、心根の優しい子。そして甘い。徹底的に甘い。こうやって人前で泣いて「ごめんなさい」って謝って、真実をさらけ出せば許されると思ってる。

「大丈夫、気にしないで。このことは誰にも言わないし、朋子も黙ってればいい。お財布見つかって、良かったね」
その甘さが、朋子が羨ましいよ。
私はポケットティッシュを返した。

どうにか泣き止んだ朋子にハグをして別れると、機械的に三限の大教室に急いだ。いつもの後方窓際の席に腰を下ろしてから、お昼を食べ損ねたことに気付く。別にいいけど。食欲もわかないし。

鼻呼吸すると、血の止まった鼻梁のあたりがスースーした。外を眺めると、澄んだ空。九十分間の授業で、鳥が横切ったのは一度だけだった。ペンを動かしたのは出席カードの記入だけ。こういう時間を無駄っていうんだろうな。

チャイムと同時に二百人以上の学生がなだれ出て行き、私も下を向いたまま黙々と駅へ向かう。一ヵ月前は桜の花びらで埋まっていた道も、今はすっかり掃き清められていた。すれ違う人たちの足元は、スニーカーやパンプス、それにブーツにサンダルもちらほら交じっていて、曖昧な季節を物語っているみたいだ。

尖ったピカピカの黒い革靴が、私の前でぴたりと止まった。

「元気？」

顔を上げると、スーツを着た門脇先輩のどことなく気まずそうな笑顔があった。就活か。だけど黒ではなく、淡いグレーのスーツを選んでいるのが意外だった。しかもネクタイはピンク。悪くない。似合ってる。

「スーツ、カッコいいですね」

感じたまま素直にそう口にすると、先輩は頬を染めた。

「ありがと。就活でコレは浮きすぎだろって突っ込まれたりもしたんだけど、やっぱり自分のスタイルでがんばろうって……ところでさ、番号交換しておこうよ」

また「ところで」か。先輩の口癖なのかもしれない。私は促されるまま携帯を取り出して、教えられた番号を打ち込む。

「あれからどう？　心配してたんだよ。でも真白の連絡先知らないし、休みの間もずっと気になっててさ」

「あぁ、お財布の件なら、無事に見つかったらしいです」

そういえばこの前、先輩に愚痴るだけ愚痴って逃げたんだった。私は淡々と答えたのに、先輩の顔がパァッと華やいで、そのあまりに嬉しそうな顔にたじろぐ。

「良かったなぁ！　朋子も喜んでたろ。これで真白の濡れ衣も晴れるよな。ホント、ホンット良かった！　安心した」

なんで先輩は自分に無関係なことに、ここまで喜びを全開にできるんだろう。その純粋さが眩しくて、妬ましい。

「しかしアイツら……友達を疑うとかありえないよな」

「もういいんです。この前は私も取り乱して愚痴っちゃって、ごめんなさい——誰にも言ってないですね？」

「もちろん。俺、こう見えて口は固いから」

良かった……私は小さく安堵のため息を吐《つ》く。もうこれ以上、この話を大きくしたくない。できれば全部なかったことにしたい。でも先輩は納得いかない顔だ。

「真白は本当に、人が好すぎるよ。俺だったらそう簡単に許せない。もっと怒ったっていいのに」

いいや、私は怒っている。猛烈に怒っている。

「お人よしなのは、先輩ですよ」

私を心配してくれるなんて、見る目がない。かわいそうに。

私がなにより許せないのは、怒っているのは、私自身だ。


木々がわさわさしている場所で、思いっきり新鮮な酸素を吸いたくなった。血液の循環を良くして、全身の細胞を一秒でも早く入れ替えたい衝動に駆られ、九段下《くだんした》で途中下車する。

皇居のお堀端沿いを行くと、新緑の瑞々しい桜の木々が水面に映えて綺麗だった。もしかしたら私は、桜の花が散った後の葉桜のほうが好きかもしれない。

北《きた》の丸《まる》公園は午後の半端な時間のせいか、あまり人がいなかった。ほっつき歩き、立ち止まり、深呼吸。これを繰り返していると、頭が冴えてくるのがわかる。あと五十回くらい繰り返せば、新たな自分としてスタートできそうな気がしてきた。いや、「気」じゃダメだ。

変わらなきゃ。あと百回やったら、私は生まれ変わる。

たかたか、ぴたっ、スーハー。

個人的儀式を続けて陽が傾いてきた頃、東屋《あずまや》にちょこんと座っているおばあさんに気付いた。どくん、と心臓の音が耳に届いたけれど、気付かないふりをする。小高くなった芝生を登って近づいてみると、おばあさんは長椅子でまどろんでいた。横に藍染の手提げが置かれている。でも大丈夫、私は生まれ変わりつつあるんだから。こんなものに興味はない。

なのになんで、隣に座ってるんだろう？

息を詰めておばあさんの横顔を見つめる。しっかり目を閉じて背を丸め、規則正しく薄い胸を上下させている。完全に、寝てる。

呼ばれた。

頭のヒューズが飛ぶ。だんだん視界が狭くなって、真っ暗な舞台の上で手提げだけにライトが当たっているみたいだ。手提げしか見えない。欲しい。あれが欲しい。大丈夫、これで本当に最後にするから——

指先が手提げに触れそうになったとき、白いものが視界の片隅に舞った。

あれ？

伸ばした手は手提げではなく、おばあさんの肩に置いていた。

「危ないですよ、荷物」

これ、私の声？　用意していた台詞のようになめらか。でも、これを言わせたのは私自身じゃない。

「本当に危ないわね、こんなことじゃ。ありがとう、ありがとうね」

起こされたおばあさんは、あたふた手提げをたぐりよせながら、何度も何度も、哀しくなるほど頭を下げた。

私は礼儀正しく東屋から退場したけれど、ふらついていた。手にかいた冷たい汗ごと握りしめる。またちらッと白いなにかが動いた気がして、目をつぶった。

骨が楽し気にカタカタ踊っていた。

今までに何回、骨壺の蓋に手をかけただろう。でもそれを持ち上げることはできないでいた。もし私が蓋を開けてしまったら、骨は今度こそ本当に「死んで」しまう気がした。

私はもう柔らかく光る壺を、両手のひらで記憶している。ふっくらした形を、すべやかな質感を、不思議なぬくもりを。そこで眠っている骨を、そっとしておいてやらなきゃいけない。できるかぎりの慎重さで骨壺を木箱に戻し、大判の風呂敷できっちり包む。

この人が誰だか、どんな人生だったかは知らないけど、どうもありがとう。私はあなたみたいにはならないよ。

本当は知ってる。何も、私のことなんて「呼ばない」。盗みは盗みでしかない。無防備で幸せそうな他人が羨ましくて、その人たちを少し不幸にしたかった。それが快感になって、蝕《むしば》まれてる。

だけど都合よく解釈させてほしい。骨のあなただけは、本当に私を呼んでくれたって。おまえが一番ちゃんとしろ。このままじゃダメだって、怒ってくれたんだよね？　私は生きてる。だからやり直すことができるって、教えてくれたんだよね？

私が骨のためにできることって、生き直すことだけだよね。

帰宅ラッシュが始まる時間で、明日にしようかと一瞬弱気になったけれど、もうふがいない自分は嫌だ。いつかの夜、寝ぼけた男性がドアに挟まれつつ下車した大きな駅に向かった。

今まさに見つけた素振りで、駅の窓口に骨壺入りの紙袋を届け出る。記入例を参考に「拾得物件預り書」を埋めていると、袋を覗き込んだだけで、中年の職員は苦笑いした。

「驚きましたでしょ。実はこういうの、増えてるんですよ。罰当たりな奴がいるもんだね」

その呆れ声には、どこか下世話な話題を楽しむようなねっとりした厭《いや》らしさがあった。

私は忘れ物である「品名」欄に書いていた「骨」の文字を二重線で消す。そうなんだけど、しっくりこない。別の言葉で書き直し、すぐに恥ずかしくなって塗りつぶす。その一文字も黒丸にして消してしまうと、用紙を裏返しにして窓口を飛び出した。

陽が落ちた駅のホームから、ピンクや橙《だいだい》、紫のグラデーションになっている空が見えた。スマホをいじっている人、音楽を聴いている人、本を読んでいる人、おしゃべりしている人……たくさんの人で溢れているのに、この逢魔《おうま》が時に、雲の縁が光っていることに感激しているのは私だけみたいだった。

大丈夫。私はもうしない。やり直せる。

ぷわぁーと尾を引くような音を立てて、電車が滑り込んできた。ホームでぼんやり降りる人を待っていると、私の瞳がオートフォーカスのように、ギュンと絞りをまわした。降りてきた男性の尻ポケットから飛び出した長財布に、ピントを合わせていた。

熱い。身体中の水分が一気に蒸発したみたい。脳みそも干上がって何も考えられない。男性の動きだけがスローに見える。

私を盗みの世界に誘い込んだ幻のスリの手つきが鮮やかに浮かびあがった。指揮者のように優雅に私を促す。すれ違い様に財布を引き抜くなんて楽勝だ。やらねばという使命感に酸っぱい胃液がこみあげてきて、ぐっと飲みくだす。

大丈夫。イケる——

ぐらりと男性に身体を寄せた瞬間、誰かにぶつかった。私と男性の間に割って入るようにして乗車した女性だった。体当たりをかましてしまったおかげで、我に返ることができた。

すみません。私も電車に乗りながら、反射的に謝った瞬間、

「おい！　泥棒ッ！」

その女性の手首が掴まれ、男性に引きずり降ろされた。あっというますぎて何が起きたかわからないまま、ドアが閉まった。

車内は騒然として、ホームの騒ぎを見守っている。男性は顔中の筋肉をつり上げ、どす黒

い顔をしていた。

私は膝ががくがくして、ドアにへばりついていなければ立っていられそうになかった。

「なんだなんだ？」

「スリだよ、怖いねぇ」

「あの女の人？　おとなしそうな、普通の人なのに」

手首を摑まれて髪を振り乱している女性の横顔は、真っ白だった。その生気のない顔が、ふと私に見えて息が止まりそうになる。電車が出発すると、その女性はすぐに見えなくなってしまった。

さっきまで燃えていた身体が、今は頭から泥水をかぶったみたいにじっとりしていた。ドアにおでこを押し付けて身体を預ける。目をつぶって喘ぐと、まぶたの裏から骨がこちらを窺っていた。表情はわからないけど、そもそも頭蓋骨って悲しそうな顔だ。ぽっかり空洞になっている眼と、すぼんだ顎のせいだろうか。

骨は踊りもせず、心配そうに、ただじっと私を見ていた。

ポーチのなかの携帯が震えて、私は震えるまぶたを押し上げた。

〈本当にごめんなさい。これからはもう絶対こんなことにならないように気を付けます。自分のしたこと、忘れません。〉

朋子からのメールだった。すかすかした黒一色の文面がどこか新鮮だ。そういえば友達とは、いつも絵文字でカラフルに飾ったテンションの高いやり取りしかしていなかった。

着信も入っていて確認すると、門脇先輩だった。メッセージでもいいのに、わざわざ電話なんて。また心配させちゃったのか。

呼びかけてくれている。

私は臆病な自分を守ろうとして、人の声には耳を塞いでいたのかもしれない——

家に戻ると、がらんとしていた。骨がいない部屋は、光がひとつ消えたみたいに寂しい。本当は全てわかっていたはずなのに、現実を前に胸が重たく塞がれて苦しかった。

たとえ東京の汚い空気でも、外の風が欲しくてベランダに出る。空はあたたかなグラデーションを失い、薄墨になっていた。夜の帳《とばり》に向かって両手を突き出す。最近はマニキュアもせず放ったらかしで、少しかさついている。時々、この手は誰のものだろうと思う。

唐突に涙がこぼれて止まらなくなった。押し寄せてきた恐ろしさに耐え切れず、ふにゃりと膝をついてしまう。

大丈夫じゃない。私はきっとまたやる。一人ではやり直せないかもしれない。

どうすれば止められる？　罰を受ければ、生まれ変われる？

私を呼んでくれる人たちを、呼んでくれた骨を、もうこれ以上裏切ることだけはしたくないよ。

また視界の端で白いものが舞った気がしたけれど、像を結ばずに消えてしまった。もう一度それが見たくて、乱暴に袖口で顔をこすると、睨みつけるように天を仰いだ。

燃える息

すみません……

消え入りそうなかすれ声で女に謝られたとき、まさか、と思った。蠟のように白く透き通る肌から、ほのかにガソリンの匂いを嗅いだ気がした。

「ちょうど郁実《いくみ》にメール打ってるときだったんだよ、『いま電車乗るとこ』って。そしたら突然、目の前の女の人がぐらっと揺れてさ。どうにか抱きとめたけど、一緒に尻もちついちゃったよ」

俺は郁実の家に着いて早々、身振り手振りを交えて先ほどの駅ホームでの救出劇を熱く語った。

「すごいね灯馬《とうま》、女性を救うなんてヒーローじゃない。どんな人だったの？」

郁実は俺にハンガーを差し出して、ジャンパーを脱ぐよう促しながら笑った。

「俺よりたぶん年上で、地味な感じの人だった。顔立ちも普通というか特に印象に残ってないけど、顔色がヤバくてさぁ。真っ白で、ちょっと病的だったな」

ジャンパーを脱いでポケットのスマホをテーブルに置くと、郁実は目ざとくそれを取り上げて鋭い声を上げた。

「なにこれ、画面バキバキじゃない！」

「あぁ、それもさっき。とにかく倒れる前に支えなきゃと思って、気付けば携帯放り投げてた」

「こんなんでちゃんと使えるの？　修理代払ってもらえた？」

郁実はあからさまに顔をしかめた。俺とは違い、何に付けても現実的で抜け目ないのだ。

「いいよ、古いスマホだし。ちょうど買い替えようと思ってたから」

「全く、灯馬は甘いんだから」

そして露骨に「年下の頼りない彼氏」に物足りなさを示すことがある。たった一歳しか違わないのに、俺はいつも下に見られている気がする。

「とりあえず、なんか飲んでもいい？　喉渇いちゃって」

「大活躍だったもんね。チューハイ出すから、そこ座ってて」

言われるがままソファに腰を下ろすと、目の前のテーブルに住宅情報誌がさりげなく置かれていた。ため息が出そうになるのを堪えてめくってみると、いくつか角が折られているページがあった。

「新築のタワマン低層階が狙い目。内見するだけで食事券ももらえるんだって。お得じゃない？」

台所からこちらを振り向いて、郁実が機嫌の良い声を出す。

「半年後にアパートの更新なんだけど、私たち、お互いの家が遠くて行き来が大変でしょ。この際、一緒に暮らそうよ。家賃折半になればもっと良いとこに住めるし、メリットしかないと思うんだ」

先月、郁実から満面の笑みでそう切り出されたときは、同棲なんてすごい、と興奮してノリのいい返事をしてしまったが、数分後には既に焦りの方が大きくなっていた。

郁実は明るくてしっかり者で良い子だ。好きだし、そこまで嫌な点もないが、同棲に踏み切るのはさすがに早すぎるんじゃ……

　テキパキとつまみの準備までしてくれている後ろ姿を眺めながら、申し訳ない気持ちになる。家探しをどう引き延ばせばいいかと悩んでいるのもそうだが、それ以上に先ほどの女性のことが頭から離れないでいた。

　女性はふらつきながらもひどく恐縮して、何度断っても「携帯は弁償させてください」と譲らなかった。本当は連絡先を教えてくれたのだ。

　須賀《すが》ほのか……俺の腕の中でぐったりしていた、生命力に乏しい青白い顔の女。一瞬ガソリンの匂いがした気がしたけれど、もしやガソリンスタンドで働いているのだろうか。


　あのツンとした刺激臭。不思議と心が落ち着く。

　物心ついた頃からガソリンの匂いに魅せられていた。バイクも好きで、大学時代はガソリンスタンドでバイトをした。

　セルフで給油する店だったが、暇なときはあえてノズルを拭いたり、ガソリンの染みついた雑巾を持って給油機の周りをうろついた。ガソリンは香水みたいに、どこでも気楽に楽しめる匂いじゃないから。

　夏のクソ暑い時期、ガソリンが激しく気化していくのをイメージしながら、むっとする空気に身を漬けているのも最高だった。制服の下で汗が流れ落ちるのを感じながら、自分の汗からもガソリンの匂いが立ち上るようで朦朧《もうろう》としてくる。あの気が遠のくような楽しさは酩酊とも違う。平衡感覚が狂い、壁も垂直に登れそうだ。

大学時代のほとんどを、ガソリンの匂いに包まれてすごした。恋愛もしたかったが、彼女以上にバイクが欲しかった。休日シフトも夜勤も喜んで引き受け、念願叶ってバイクを手にしてからは、愛車で都会を走り回り孤独なライダー気分に浸っていた。

そんな奥手の俺を心配してくれたのが、バイト仲間だった亮《りょう》だ。

勤務初日に仕事を教えてくれた亮はサッパリした性格で、年上だからとカッコつけたり先輩風を吹かしたりすることもなく、普段は人見知りの俺がなぜかすぐに打ち解けられた。社会人になった今でも親友だ。

「灯馬には引っ張っていってくれるタイプの女性がいいんじゃないか？　ちょっと気が強いけど、同級生にイイ子がいる」――そう言って紹介してくれたのが郁実だった。

郁実とは付き合って一年ほどになる。丸顔で目はくりっとしていて、一目で恋に落ちる予感がした。初体験の相手でもあり、夢中にならないわけがない。

が、同棲を迫られて急に冷静になった。二人の関係を真剣に考え出すと、アクセルよりブレーキを踏んでしまう自分がいる。

理由のひとつは、俺にとって郁実が初めての彼女であるということ。同棲したら、そのまま結婚に持ち込まれそうで怖い。郁実のことだ、外堀を埋めにかかるに決まっている。

別に結婚したくないわけじゃないし、たぶん尻に敷かれながらも幸せに暮らしていけるだろう。だけど、俺はまだ二十四だぞ。他の女性を知らないまま結婚してしまっていいのか？

そしてふたつめは、匂いだ。些細なことのようでいて、かなり重大問題だと思う。

俺はガソリンの匂いが大好きだが、郁実は大嫌いという。

「ガソリンスタンドでバイトしてる頃に出会ってたら、絶対付き合ってなかった」と言われ、天変地異レベルのショックを受けた。ツーリングに連れて行ってやろうと声をかけても「バイクは怖いし、臭いのが嫌」と素っ気ない。

でも、郁実の好きな甘いお香や香水の匂いのほうがよっぽど悪趣味だ。思わず鼻にしわが寄る。

俺は落ち込んだとき、わざわざバイクを走らせてガソリンスタンドに行く。給油ノズルを引き抜いた瞬間に漂う、尖っているのにまろやかなガソリンの匂い――その場に佇んで深々と鼻呼吸を繰り返していると、気持ちがスーッと楽になる。膨れ上がった苛立ちや不安が消えていく。

ガソリンは外国製のお菓子みたいな匂いより、ずっとリラックスできる。わかってもらえないのがもどかしい。

「いいじゃん同棲、羨ましいよ。匂いくらい慣れるって。それくらい我慢しろよ」

ターコイズ色に輝く奥多摩《おくたま》湖を眼下に眺めながら、亮は事もなげに言った。

郁実の家に泊まった翌日、亮と毎月恒例のツーリングに出た。

紅葉を楽しみにバイクを飛ばして来たが、山裾は黄色くなっていても一面が紅く染まるまでにはもう少し時間がかかるらしい。

　絶景に変わりはなかったが、紅葉にも亮のリアクションにも、少しがっかりしてしまった。

「軽く言うけどさ、郁実のご両親にも挨拶に行かなきゃいけないだろうし、この先の人生が見えちゃうっていうか……」

「まぁダルくもなるよな。郁実は一円単位できっちり家計簿つけて、小遣い管理とかしそうだし」

「それは別にいいよ。俺、お金のことキチンとできないから」

「まじかよ。じゃあいいじゃん、灯馬と郁実、ピッタリだよ」

「だから、問題は郁実じゃないんだって。人生たった一人としか付き合わずに同棲、その果てに結婚が待ち構えてるっていう状況！　その点、郁実はずるいよ。俺が三人目らしいから比べられる。亮だって、何人も経験あるだろ？」

　つい本音をこぼすと、亮はニヤリとした。

「おまえの気持ちはわかる。だけど俺は結果的に、初めて付き合った子が一番合ってた。だからってヨリは戻せないし、何人付き合って比べてみれば気がすむとかいう話でもないだろ」

　ぐうの音も出ないが、言い返さずにはいられない。

「そうやって亮が同棲を焚き付けるのはさ、単に最近彼女と別れて寂しいだけだろ」

　あっさり「まぁな」と認めると、亮は奥多摩湖に向けて携帯をかまえた。カシャッと大きな音を響かせ、それに負けないほど大きなため息を吐く。

「美しい景色を撮る。だが送る相手はいない。感動を共有できる相手がいない……どうだ、おまえの幸せな悩みがわかったか？　ここにいる奴らに聞いたら、皆きっと同じ反応だぞ」

見晴らしのいい道路脇の駐車場には、俺たちと同類のバイク乗りがわんさかいた。見事に野郎しかいない。

俺はふてくされたが、言われてみれば郁実と付き合いだす前は、どんな絶景スポットに出かけたところで写真を撮ろうという発想にすらならなかった。

俺にはデキすぎなくらいの彼女なのに、幸福に慣れきって甘えているんだろうか……少し反省しながら、郁実に送ってやろうと携帯をカメラモードにする。

「おいおい、これじゃ景色も台無しだな」

画面の中でひび割れている湖に亮がツッコミを入れてきたので、駅での救出劇を少々大げさに説明してやった。

亮は急にギラついた目になり、楽し気に食いついてくる。

「ガソリン女か！」

「実は郁実には言ってないんだけど、その女の人、携帯弁償するって連絡先教えてくれたんだ。今度会うことになってる」

「なんだよ灯馬、モテるじゃん。どうなったか聞かせろよ？　あ、もちろん、郁実にはバレないようにな」

亮はわかりやすくニヤニヤして、俺の肩を小突いた。

須賀ほのかとは、平日の仕事帰りに家電量販店で待ち合わせた。

ほのかのメールは淡々とした事務的なものだったが、こちらに気を使っているのがいたいほどわかった。落ち合う段取りも、郁実ならズバズバ詳細を詰めてくるところ、ほのかは俺の予定最優先でなかなか希望を言わない。

俺も相手の都合が気になってしまうので、何十通ものやり取りをすることになったが嫌ではなかった。

約束当日、俺はかなり早く着いた。でもほのかは更に早く来ていて、なにをするでもなくぼんやりしていた。店内の光が漏れてくる明るい場所ではなく、出入りする客の流れから少し離れ、隠れているかのように薄暗い中に立っている。

こちらに気付かないようなので、しばらく観察してみることにした。

背が高くて細い。猫背気味で、風に吹かれれば揺れる柳みたいだ。相変わらず肌は白いものの、この前の病的な感じはない。とはいえなんだろう、この雑踏に溶けてしまいそうな頼りなさは……小さな顔のパーツはどれも悪くないのに、存在感が薄すぎる。

「お待たせしました。今日はわざわざすみません」

遠くから眺めているのもかわいそうになって、今慌ててやってきたかのように声をかけた。

ほのかは俺が真ん前に立ってようやく気付いたらしく、物思いから醒めたように、ふっと目の焦点が合った。

「いえ、こちらこそ、この前はありがとうございました……」

喉にひっかかるような独特なハスキーボイス。この前は体調が悪くてかすれ声なのだろうと思っていたが、これが地らしい。

携帯売り場のコーナーで、事前に目星を付けておいた旧型機種を探しながら、斜め横にいるほのかにさりげなく身体を傾けた。華奢《きゃしゃ》な首筋に鼻を近づけ、全神経を集中する。

ガソリンの匂いはしなかった。

——勘違いだったのかな……

かなり期待していたので残念ではあったが、今夜の目的の九割は達成できた。

須賀ほのかの匂いを、もう一度確かめる。

それこそが俺の望んだことで、携帯の買い替えはオマケみたいなものだ。ほのかが財布を出そうとしたので、押しとどめる。

「いいですよ。元々買い替えるつもりでしたし、思ったより安くすんだので」

「でも、私は弁償するために——」

困惑顔のほのかと、控えめな押し問答になった。

「それじゃこの後、夕飯を付き合ってもらえませんか」

思い切って賭けに出た。目的の残り一割は、挑戦でもあった。

須賀ほのかを、もっと知りたい。

ばか丁寧な態度を貫いていたほのかが、一瞬ぽかんと無防備な顔をのぞかせた。悩むように目を伏せて少しの間黙ったが、顔を上げると低い落ち着いた声を出した。

「食べたいもの、ありますか？」

初めて向けられたほほ笑みは、思いのほか柔らかなものだった。俺は頬がむずついてしまい、嬉しさがだだ洩れしないよう意識して口元を引き締めた。


強いて言えばアジア系が好き、と言うほのかとタイ料理の店に入った。郁実はイタリアンなど洋風な店を好むので、女子でも違うものだな、と当たり前のことに感心させられる。

お互い口下手であまり盛り上がらないが、ほのかの微笑のおかげか、気まずくはなかった。ぽつりぽつりと質問しあう手探りの会話から、一歩ずつ相手に近づいていくのは新鮮だ。

ほのかは俺より五つ年上で、ホームセンターに勤めているらしい。

――ホームセンターじゃ混合燃料は売ってても、ガソリンの取り扱いとかないよな、普通……

ほのかは香水の類もつけていないようで、いつもうっすら甘い匂いをさせている郁実と比べると無臭だった。

それでもまだ、ほのかとガソリンの繋がりを探してしまう。

「もしかして、車とかバイクに乗ってますか？」

仕事に関係ないとすれば、給油のときに誤って服に付いてしまったくらいしか考えられない。

「車は乗りますが……どうしてですか？」

でも怪訝《けげん》そうに眉をひそめられると、自信がなくなってきた。

「ガソリンの匂いがした」なんて言ったら、気のせいであっても失礼じゃないだろうか。しかも女性に。郁実だったら確実に激怒だ。

「いや、僕、バイク好きなもので……」

慌てて笑みを作って弁明する。不自然だろうかと冷や冷やしたが、ほのかはパッタイにライムを搾り、爽やかな香りを振りまきながら頷いた。

「かっこいいですよね、バイク。昔ガソリンスタンドでアルバイトしてたとき、ツーリングを楽しんでるグループとか見て、素敵だなと思いました」

「本当ですか⁉　実は僕も学生時代、ガソリンスタンドで――」

声が上ずる。一気にテンションが上がってしまった。

ほのかも嬉しそうに声を弾ませて「ガソスタバイトあるある」で盛り上がった。意外な共通項が見つかり、急速に打ち解ける。

「ワンオペで立て込むと地獄だったけど、夜勤で暇すぎるのも辛かったなぁ」

「私は体力がなくて、仕事以上に冬の寒さと夏の暑さがこたえました」

「僕、夏はけっこう好きだったんですよ。ガソリンの匂いがより強く感じられるというか」

ついガソリンの匂いフェチであることまで暴露してしまった。だけどガソスタで働いていたんなら、ほのかだってきっと――

「いい匂いですもんね」

うっとり言われて、胸が熱くなる。白い両手を握りしめたくなるのを堪えて、シンハービールを一気飲みした。

「今、めっちゃ感動してます。ガソリンの匂いが好きって女の人、周りに誰もいなくて。ありがとう須賀さん」

ほのかは「そんな大げさな」と笑ったが、俺は本気だった。

「臭いとか吐きそうとか、否定派ばっかりですよ。でも好きなものを嫌いって言われるの、悲しいじゃないですか」

「苅《かり》田《た》さんのお友達は、ガソリンと排気ガスの匂いを混同しているんじゃないですか？」

思ってもみない返答に俺が目を丸くすると、ほのかは伏し目がちになった。考えるときの癖なのかもしれない。

「例えばタバコ。私は吸わないし嫌いなんですけど、タバコ自体の香りはけっこう好きなんです。タバコの葉っぱと煙だと、全然匂いが違いますよね？　それと同じで、ガソリンとガソリンを燃やした後の排気ガスって全く別の匂いだけど、あまり車に興味のない女性だと、同じように考えている人もいるのかなって」

ほのかの考察は目から鱗だった。都心生まれで、車のない生活を送ってきた郁実に当てはめると納得してしまう。

「確かにガソリンの匂いを本当に知ってるのか、怪しい気がしてきた」

「でしょう？　真のガソリンの匂いを嗅げば、良さをきっとわかってくれますよ」

ガソリン女――亮が勝手に付けた呼び名が、ふと浮かんだ。

ほのかは今日初めて、自信ありげにしている。それが「真のガソリンの匂い」についてなんて！

我慢できず、笑いだしてしまった。嬉しい。なんでこんなくだらないことで、自分を認めてもらったみたいに幸せなんだろう。


「あ、あのバイク」

駅前の交差点で信号待ちをしていると、ホンダＣＲＦ２５０Ｌのブラックがひゅんと俺たちの前を走り去って行った。

「僕、あれに乗ってるんですよ。色は赤ですけど」

思わずはしゃいで指をさすと、ほのかは感心したように言った。

「すごいですね。戦隊ヒーローが乗ってそう」

「実際そうらしいです！　戦隊もののライダーが乗ってる改造バイクのベースに使われることも多いって聞きました。というのもオフロードバイクといって舗装されてない荒れた道も安心して走れるうえ、街乗りもイケるっていうのが――」

ピヨ、ピヨピヨ……

平和な電子音で我に返った。青信号になり人が一斉に動きだしたが、ほのかは急に熱く語りだした俺に面食らったのかきょとんとしている。

「すみません、いきなりつまんない話して」

引かれただろうか……歩き出しながら、顔が赤くなるのを感じる。

「本当にバイクが好きなんですね。私も運動音痴じゃなければ乗ってみたいけど」

「乗ったことないんですか？」

「事故りそうで怖くて」

信号が点滅して急いで渡り切ったが、俺は呼び止められたように道路を振り返った。

今度は車が動き出す。二人乗りのバイクも目の前を通りすぎていった。後ろに座る女が、運転する男の腰にしっかり絡みついている。

「じゃあ今度、乗ってみます？」

ほのかの顔は見ず、バイクを目で追いながら言った。独り言みたいな誘いになってしまったが、単なる思い付きで深い意味はないのだと示したかった。

「……いいんですか」

低くかすれた声が返ってきて、身体の内側を引っかかれたようにむずがゆい心地になる。

ほのかに向き直ると、とろんとした夢見がちな目で、流れていく車やバイクの群れを見つめていた。

——海《うみ》ほたる？　狙いすぎか。日光《にっこう》？　二人乗りでいろは坂は危ない……

ほのかをバイクでどこに連れて行こうかと考えると、心が躍る。

電車に揺られながら、真新しくなった携帯で「バイクタンデム　場所」と検索すると、ご親切にも「タンデムデート必勝法！」、「女の子が喜ぶ二人乗り」といったページまでヒットし、きっちり読み込んでしまう。

ずっと女の子をバイクの後ろに乗せてみたかった。別にイヤラシイ話じゃない。バイク乗りの男なら一度は夢見るはず。それに、冴えない俺が一番カッコよくいられるのは、たぶんバイクの上なんだ。イイとこ見せたいっていうのは、自然な欲求だろう。

郁実はバイクに乗りたがらず、ツーリングなら別の人を誘えと言っているし、ほのかを後ろに乗せたところで別に問題ない。

——でもこれってやっぱり、デートだよなぁ。

念のため、郁実には隠しておくか……

「マンションの内見予約、土曜の午前中でいい？」

まるで俺を試すかのように、郁実からメールが届いたのでうろたえた。車内を一瞥し、心を落ち着けてから返信する。

「土曜は紅葉リベンジしたくて、友達とツーリング行く約束しちゃった。日曜は？」

浮気できる奴は度胸あるよな、としみじみ思う。彼女に黙って女の子に会うだけでこんなに気を使うんだから、シラッと二股かけて平気な顔してた亮はすごいよ。憧れはしないけど。

郁実から「プンプン」と怒った顔のキャラクタースタンプが届いたので、秒速で土下座のイラストを送り返した。

郁実には申し訳ないけど、ちゃんと謝っておけば大丈夫だろう。日曜は甘いものでもおごって、いっぱい優しくしてやろう。

――そうだ、ほのかは初めてのバイクなんだから、ヘルメットやグローブも持ってないんだよな。服装も注意してあげないと……

物件探しより、タンデムだ。浮きたつ気持ちに急かされてリサーチを続けた。


一体感。俺がバイクに求めているものはなにか、突き詰めていくとこれになる。エンジンと共に心臓を燃やし、風を裂くマシーンと身体が溶け合う、あの感覚――

だがほのかは高いシートに前傾姿勢で乗ることすら怖そうで、邪魔な荷物になりそうだった。後方に座り、俺のジャケットの裾を摑んで上体をぐらつかせている。

「危ないですから、ふらつかないよう僕の下っ腹のあたりをしっかり持ってください。二人でひとつに固まって、空気抵抗を減らすイメージで」

こちらの真剣さが伝わったのか、ほのかは遠慮がちに俺の腰まわりから腕を伸ばして、最終的にキュッと抱きついてきた。

舞い上がりたいところだが、この密着に下心を挟む余裕などない。情報収集しているうちに、タンデムの危険性まで学んでしまったので、安全第一で必死だった。

「カーブで身体を傾けたりしますけど、怖がらないで。僕の動きに合わせてください」

「わかりました。ひとつになるイメージですね」

心を決めたのか、ほのかは真顔で頷いた。

ぎゅうぎゅう抱きつかれても運転が難しいが、後ろで身体を揺らされるよりマシだ。気楽に誘ってしまったことを後悔しつつ、気合いを入れて初タンデムに乗り出す。

——あれ、走りやすい……？

走り出した瞬間、ほのかは強張っていた力を抜いて、俺に身体を預けてくれた。ぴたりと寄り添いながら、邪魔にならない。

バイク、俺、ほのか。

もともと一つだったものが全部揃ったような一体感に、今まで経験したことのないパワーが沸々とみなぎる。ほのかも同じ力を感じているという、妙な確信があった。

俺たちはひとつになって、なめらかにスピードを上げた。

「むきだしの身体で風を切るって、すごい解放感！　ハマる気持ち、よくわかりました」

ガソリンスタンドに立ち寄ると、ほのかは白い頬をぽっとピンクに染め、熱のこもった感想を繰り返した。

初乗りで遠出は疲れる。高速は危ない——悩んだ末、近場の月島《つきしま》でもんじゃ、晴海《はるみ》ふ頭で夜景というＴＨＥデートコースをチョイスしてしまったが、ほのかはどちらも初めてだと目を輝かせて喜んでくれ、あっというまに半日が終わろうとしていた。

　バイクを楽しんでもらえたことはもちろん嬉しいが、俺はほのかが生き生きとした表情を見せてくれたことに胸がいっぱいになる。

「自分でも乗ってみたくなりました？」

「いえ、私じゃ絶対運転できないのもよくわかりました」

　じゃあまたタンデムで……と誘いたくなるのをグッと堪える。今日が最初で最後、と何十回も自分に言い聞かせてきた。

——一度なら勢い、二度は確信犯だ。

　給油機の黄色いハイオクノズルに手をかけると、

「私がガソリン入れてもいいですか？」

と、ほのかが白い手を重ねてきてドキッとする。

　まるでおもちゃを手に入れた子供だ。ほのかは楽し気に満タンにすると、鼻から息を吸い込んで、酒に酔ったようなふわんとした顔になった。

「いい匂い！」

　俺もこの幸せな状況に酔ったのか、理性がふっ飛びそうになる。大げさに胸を反らせて深呼吸を繰り返す。

「この良さがわからない奴はかわいそうだ。なんとも言えない、酸っぱくて、チクチクする匂い……」

「言葉にするのが難しいですよね。でも苦みも感じません？」

ほのかがいきなりしゃがみこみ、鼻をひくつかせた。

気化したガソリンは空気より重いから、下に溜まる。ガソリンスタンドにいると、時々もわっと固まっている匂いの塊に頭を突っ込んだみたいに強烈な刺激臭を感じることがある。

ほのかがそれを探しているのだとピンときて、俺も悪ノリで横にしゃがんだ。

今、カメラで俺たちを監視しているであろうガソスタ店員は、何事かと驚いているだろう。想像すると笑えてくる。

「この深み、アーモンドの香りのような」

ほのかが大真面目で語るさまもおかしい。大人しい女性かと思いきや、意外とユーモアがある。

「須賀さん、まるでソムリエですね」

「いいですね、ガソリンソムリエ。資格があればなりたいくらい」

膝を抱えていたお互いの肩が、軽くぶつかった。それだけで俺の身体の奥底にある温かいものが波立ち、溢れそうになる。

「実は初めて駅で会った日、一瞬なんですけど、須賀さんからガソリンの匂いがしたような気がしたんです。なんでだろう、不思議だなって気になっちゃって」

ほのかなら「本当ですか？」と笑ってくれる——と思ったのに、サッと顔色を変えた。

赤々と優しく灯っていたランプの火が突然吹き消されたように、無表情で冷たい顔になる。

「いや、でも勘違いでした。ごめんなさい、おかしいですよね」

瞬時におどけてみせたものの、ほのかは口をつぐみ、眉根を寄せて目を伏せてしまった。くだらないガソリントークなど忘れろとでもいうように、焦点をなくした目で立ちあがる。

俺は猛烈に後悔しつつ、卑屈な笑みを浮かべるしかなかった。

――やっちまった……

勝鬨《かちどき》橋はアーチ形に風情がある。ライトアップされると、青い板の上に緑のかまぼこを二つ並べたようにも見えるけど。もう何十年も可動していない可動橋としても有名で、中央で分かれて跳ね上がるらしい。後ろのほのかに大声で叫んで伝えたかったが、怖気《おじけ》づいてしまっていた。

せっかく楽しんでいたのに、俺が口を滑らせて、今日を台無しにしてしまった。

――でもいいさ。どうせもう会うこともないんだ。嫌われるくらいがちょうどいい。

そう強がりながら、アパートまで送り届けた。なのにほのかがバイクを降りた瞬間、俺の一部がぺらりと剝がれ落ちた気がした。大切なものが欠けてしまう感覚に切なくなる。

ヘルメットを外しプロテクターを脱ぎ、去っていこうとするほのかに、できるだけ明るく言った。

「今日は本当に楽しかった！　遅くまで連れまわしちゃって――」

「寄っていきますか？」

ざらりとした声で、ほのかは俺の空元気を遮った。

この流れで誘うか？　意外だったが、嬉しくないわけがない。勢いよく頷きかけ、不意にわめき散らす郁実の顔が浮かんでしまった。

「すごく嬉しいんですけど、実は僕、バイク嫌いの彼女がいまして――」

「私はお茶をと思っただけですが」

冷静なほのかを前にすると、俺が邪推しているだけかと恥ずかしくなってくる。きっと単なるお礼の意味なんだ。

「じゃあお言葉に甘えて、ちょっとだけ」

俺は男女の駆け引きというのが苦手だ。素直に、額面通りに受け取るしかない。


ほのかのアパートは細長かった。引き戸で仕切られた奥の部屋が寝室なのだろう。玄関すぐの小さな空間にローテーブルがあり、ひとつだけのクッションを俺にすすめてくれた。

ほのかはわだかまりのない穏やかな様子でハーブティーをいれてくれた。彼女もまた先ほどの気まずさを解消したいのだ、と思い至ると、どこか陰のある寂し気な女性がいじらしくなってくる。

「須賀さん、クッション使ってください。僕、いつも床なんで」

「気にしないで。お客さまなんだから」

「じゃあ二人で床にしますか」

ほのか一人が寒々しいフローリングに座るのはフェアじゃない気がして、クッションを二人の間に置いた。

「変わってますよね、苅田さんて」

目を細めたほのかは、今までとは違う種類の好意を醸し出している気がした。男心をくすぐられるが、少し恐ろしくもある。

しばらく他愛もない話をしていたが、次に会話が切れたタイミングで帰ろう、と思った。もっとここにいたいが、引き時は大切だ。

――やっぱり俺は、浮気できるほど度胸ないわ。

そう悟ると、ちょっとした哀しさと、圧倒的な安堵があった。

「僕、そろそろ」

「ちょっと待っててくれる？」

二人の声が被った。

ほのかは「すぐだから」と含み笑いを浮かべて奥の部屋に引っ込んでしまい、俺は引き時を逃した。

間が悪い自分に苦笑していると、ほのかが戻ってきた。その手になにか持っている。

俺は信じられない思いで硬直した。それがなにかを確認しなくても、匂いですぐわかる。

――ガソリン！

差し出された白いおちょこに、少量のオレンジ色の液体が揺れている。

「お茶うけにどうぞ」

にっこりされても、笑えない。ふざけているにしても、度を越している。ひどく動揺して、ほのかとガソリンを交互に見つめるしかできなかった。

ほのかはおちょこに鼻を近づけて思い切り吸い込むと、んん……と甘い声を漏らして、恍惚とした表情で宙を見やった。

――キテる……

さすがに怖くなってきた。昔のバイト仲間に「ガソリン嗅ぎまくってると、シンナーみたいに中毒になるから気を付けろよ」と冗談ぽく注意されたことを思い出し、顔が引きつる。

「家にガソリン置いてるんですか？　危ないですよ」

できるだけ平静を装って言ったが、言葉尻が震えてしまった。

「苅田さんもどうぞ」

控えめなほのかが、ぐいぐいとおちょこを押し付けてくるのに慄いて、つい受け取ってしまう。

澄んだオレンジ色は光の加減でピンクにも見え、惚れ惚れするように美しい。引き寄せられるように顔を近づけて、無意識に肺いっぱいにガソリンを吸い込んでいた。

ぐわんと脳みそがまわる。

目がチカチカする。

気持ち悪イイ脱力――俺はほとんどかじりついて立て続けに嗅ぐ。

「やっぱり、私たち同類だね」

ほのかのかすれ声に、緩んでほぐれてしまった意識を寄せ集め、顔を上げた。

――いや、一緒にするなよ……？

しっかり匂いを楽しんだ後でバツが悪かったが、できるだけ嫌そうに険しい顔を作って突き返す。

「苅田さん、すごいよ。今まで誰にもガソリンのこと気付かれなかったのに」

ほのかは恭しく両手の指先でおちょこを受け取ると、流れるような自然さで口元に持っていった。唇を付ける。

「えッ！」

これは夢か？

ほのかは優雅に、くいっとガソリンを飲んでしまった。

「ちょ、マジかよッ――きゅ、きゅうきゅうしゃ？」

あまりの展開に付いていけない。舌がもつれる。

「ご心配なく。飲み慣れてるから」

「は⁉」

「実は苅田さんも飲んだことあるでしょ？」

「ないよ！　めちゃくちゃ危険だから！」

俺は叫んだ。悪い夢だ。こんなことあってたまるか……

動転しまくっている俺を横目に、ほのかは昏《くら》い目で「なぁんだ」と少しがっかりしたようにほほ笑んだ。

「小さい頃からガソリンの匂いが好きで、癒しだった。世界のニュースでガソリンを飲み続けているおじいさんの映像を見て、飲めるんだって知って――」

「飲めない、飲めませんッ！　猛毒だから!!」

常識の通じない相手を前にすると、人は無力だ。言い募る声が、虚しく裏返る。

「そんな昔からガソリンを？　親にバレなかったわけ？」

ほのかがフフフ……と身体を揺らし出し、俺は恐怖に後ずさりした。

「中学生の頃、携行缶から舐めてるところを見つかっちゃって、母には止めろって怒られたし、すごく心配されたよ。でも再婚相手の義父はおもしろがって、もっと飲んでみろって。すごいすごいって褒めてくれた」

それ、虐待っていうんじゃ……血の気が引いた。逃げ腰でじりりと後退していたが、足が止まってしまう。

目の前でふらふら揺れている猫背の女が、ラリっているようにも、助けを求めているようにも見えた。

「始めは喉が焼けるみたいで苦しかったけど、だんだん慣れて気持ちよくなってきたの。お腹の底が燃えるみたい。身体の内側から熱くなって、どうにかなっちゃいそう――」

かたん、とおちょこが床に落ちた。思わず目で追う。

視線を上げた瞬間、俺の鼻先には、ここではない世界を見ているらしい不思議と潤んだ瞳があった。

――ガソリンの匂い……

重ねられた唇がビリビリした。ぬめつく舌が割って入ってくると、脳みそまで痺れてくるようだった。

何も考えられない。

むさぼるように応えた。後先なくほのかと抱き合い、炎に飲まれるように溺れた。

「そいつヤバすぎだろ。今すぐ切れ」

亮は身を震わせたが、ほのかに戦慄したのか、観音崎《かんのんざき》の海風が予想以上に冷たいからなのか微妙なところだった。

冬のツーリングは寒さに心が折れそうになることもあるが、空も海もより澄んだ青に見えて清々しい。だが鬱屈を抱えていると、心洗われるような大海原も胸に響いてこないみたいだ。

俺たちは灯台へと続く海沿いの道路で自販機のホットコーヒーを買い、頭を突き合わせていた。

「ちょっとおかしいよね？」

「ちょっとじゃねぇよ。ガソリン中毒の病人だろ？　十五、六年も飲んでるとか、身体ぼろぼろだぞ」

「うん……本人は元気だって主張してるけど、駅で突然倒れるとか、やっぱり具合悪いんだと思う。独特のかすれ声も、もしかしたらガソリンのせいかも。もう絶対に飲んじゃダメだって言い聞かせてはいるけど」

あの夜から、何度もほのかの家に通ってしまっていた。がらんとした侘《わび》しい部屋で、俺たちは狂ったみたいに燃える。

だからって割り切れたわけじゃない。いつも郁実への裏切りだとビクつき、自分を責めながら、それでもほのかの白い身体から抜け出せない。

——このままじゃ破滅だ……

一人では抱えきれなくなり、ついに亮に相談したのだった。

「いくら灯馬が言ったところで、飲まずにいられるのか？　こっそり飲んでても、絶対隠すよ。間違いなく頭も侵されてるな」

「やっぱり、精神科に連れていくべきかな」

「そこまでしてやる必要ある？　ガソリン女はたぶん根本的に依存体質だ。頼られたらいよいよ抜け出せなくなるぞ。厳しいこと言うようだけど、関わらないようにするしかないって」

俺は砕けそうなほど強く奥歯を噛みしめる。

バイクの上での一体感。身体を重ねたときの一体感——どうしてもほのかに特別ななにかを感じずにはいられない。

それに、今にも消えてしまいそうなほのかの儚さ。深い孤独——ばっさり切り捨てるなんてできない。あまりに酷すぎる。

「生涯面倒みてやるつもりか？　郁実はどうなる？」

「…………」

「情をかけたら終わり。灯馬も終わりなんだ。わかるだろ」

「……うん」

「いいか、もう絶対に会うな。約束だぞ」

心苦しくて胃が捻じれそうだ。

「今回のことで普通の恋愛がいかに素晴らしいか、郁実のありがたみもよくわかったな。同棲の決心もついたろ」

亮は俺を励ますように、軽い口調でニッとした。

「火遊びは爆発する前に終わらせとかないと。ガソリン女だけに」

一件落着と言わんばかりの満足げな笑い声が恨めしい。

俺は結局、ほのかを弄んでしまっただけなのか。信頼して、秘密を打ち明けてくれたのに

……俺たちは同類なのに……

やるせなかった。コーヒー缶を握り潰すと、ありったけの力でゴミ箱にぶち込んだ。

「周りがどんな感じか、ちょっと歩いてみようか」

その日訪れたマンションは、なかなかの良物件だった。俺は初めて、ここに住むことにな

るかもしれない、という実感を持てた。

「お！　灯馬が前向きな発言したの初めてじゃない？　私もあそこ、すごく気に入ったよ」

郁実が顔をほころばせて手を繋いできたので、俺も乗り気をアピールしようと、ギュッと握り返した。

ほのかには「もう会えない。ごめんなさい。短い時間だったけど、ありがとう」という、ありがちなメールを送ったのだが、「どうしても会って話したい」と懇願され、結局同じことを繰り返してしまった。

近付けば誘惑から逃れられないと学び、メールは返さず、着信があっても心を鬼にして無視している。

ほのかと連絡を絶って数週間、物件探しもようやく前向きに捉えられるようになってきたところだ。

——これで良いんだ。

マンションのある一帯は再開発地区で、あちこちで大がかりな工事が進んでいたが、少し外れれば緑地帯に公園も残っているらしい。そこまで行ってみようと大通りを歩いていて、ガソリンスタンドを見つけた。

「真のガソリンの匂いを知るチャンスだ！」

嫌がる郁実を給油機の前まで引っ張っていったが、顔をしかめて鼻をつまんでしまった。

「ちょっとまじめに嗅いでみろって」

「嫌だよ、早く行こう」

うぇッと耐えられない様子で、郁実は逃げだした。

俺はうっとりと鼻をひくつかせていたほのかを思い出して胸が痛みかけたが、その残像を振り払って郁実を追いかける。

「あの匂いが好きっていう、灯馬の気が知れない」

「郁実こそ、ガソリンは臭いって先入観があるんじゃない？　どこがどう嫌なわけ？」

「頭が痛くなるよ。気分が悪くなるとしか言えない。灯馬こそ、どこがどういい匂いなのか説明してみてよ」

そう切り返されると、返答に詰まる。ガソリンソムリエのほのかは、アーモンドの香りとも言ったが……

「世界が広がるような匂いっていうのかな」

郁実は、それ印象論じゃん、と笑い飛ばした。

「考えてみれば、匂いって見た目や味に結びついてるところも大きいよね。黄色いレモンは酸っぱい、赤いリンゴは甘い、みたいにさ。だからガソリンもよく見て味わってみたら、匂いの印象が変わるのかもしれないけど、普通はやっぱり『不快』の一言だよ」

その言葉に、ハッとした。

――味わっているほのかだから、わかる匂いがあるのかも……

目的地の公園に着いても、妙にそわそわして落ち着かなかった。

「池もあるし素敵なところだね。あの家に住んだら、お散歩コースに最高じゃない？」

郁実はすっかり引越してくる気になったのか、駅前のスーパーも見ておきたいと言い出した。

俺は上の空で頷きながら、ほのかはこれからも独りぼっちでガソリンを吸って生きていくのだろうか、と考えていた。


その夜、ほのかが現れた。

といっても俺の住所は教えていないし、現実の話じゃない。真っ暗な夢の中に、白い裸体がぽぉっと光っていた。

泣きたくなった。

良かった。元気にしてたんだ。

また会えた——

ほのかは微笑をたたえたまま足音もなくひっそり近づいてきたかと思うと、尖った顎を突き出して俺を挑発した。

薄く開かれた目を覗き込むと、悪魔が舌舐めずりしているかのように怪しく炎が揺れている。皮膚はどろりと溶けて流れ落ち、透き通った身体が残った。ほのかの内は、激しく燃え盛っている。

ふぅッとガソリンの匂いのする息を吹きかけられ、俺もまた燃えていく。二人で火だるまになって絡み合う。

　おぞましいほどの恐怖と官能。

　このまま燃え尽きてもいい……


「なんで？　灯馬も気に入ってたでしょ？」

　郁実の声は憎々し気に尖っていた。

「やっぱりもうちょっと職場に近い方がいいなって。三回も乗り換えあるし……」

「でも条件が良ければ、通勤片道一時間圏内ならアリにしようって話し合ったじゃん。今更また候補地選びからスタート？」

　先日の物件に決めようと急ぐ郁実に、俺は待ったをかけた。

　家さえ決まれば流れでなんとかなるだろう、と根拠なく信じようとしていた。でもいざ契約の段階に進み、続柄やら連帯保証人やら言われると、途端に全て投げ出したくなった。こんな中途半端な気持ちでうまくいくわけない。

　口が裂けても言えないが、ほのかのことも忘れられなかった。

「一緒に暮らせたら楽しいだろうけど、郁実より給料低いし、整理整頓とかできないし、この先のことも――」

「そんなの気にしないでって何度も言ってるでしょ！　同棲が嫌なら嫌ってハッキリ言えばいいのに、理屈こねて先延ばしにしてさ。振り回されるこっちの身にもなってよ。時間の無駄」

郁実はテーブルの上の住宅情報誌を破り捨てた。俺に小さな背中を向けると、無言の怒りを発したまま微動だにしない。

当然だ、と思う。全く俺は情けない。最低だ。

「ごめん」と呟くと、言い訳もせずに郁実の家を出た。

――これで俺たちも、終わりかもしれない……

のろくさバイクのヘルメットをかぶりながら、暗澹たる思いだった。でも全ては自分の蒔いた種。二人の関係は郁実の気持ちに従おうと、投げやりにエンジンをかける。

全て忘れて走りに集中したいのに、心は散り散りでバイクとの一体感も感じられない。苛立ちが募り、ヴォンヴォンと無駄に空ぶかしをしても調子が出ない。

頭の中に黒々と厚みあるガスが溜まっているみたいだ。膨らむばかりの制御できない不安。どうすれば――

俺はかねてから考えていたことをついに試すことにした。

ボトルタイプの一ℓガソリン携行缶。ツーリング用に必ず積んでいたものを、初めて家に持ち帰る。

キャップを開けた瞬間、高い揮発性を証明するように部屋中がガソリン臭くなった。外に匂いが漏れたら不審がられるだろうと、慌てて窓が閉まっていることを確認し、カーテンまできっちり引く。

スプーンに一滴——のつもりが、垂らす手が震えて小さじ一杯は注いでしまった。

口に近づけただけで、顔がへこみそうなほど強烈な匂い。くらくら気持ちよくダウンしそうになるが、思い切って口に含む。

味がしない。油。ただの油だ——？

「ッ!!」

コンマ一秒遅れて息がつまった。舌が麻痺したようにヒリつき、激しく咳き込む。わずかな苦みとえぐみが口の中にねったりとこびりつき、脳天に突きぬける恐怖を感じた。

死。

必死に口をゆすぐ。涙と鼻水で顔中ぐちゃぐちゃだ。

——ほのかはこれを、こんなものを、飲み続けてるのか？

ガソリンを飲んでしまった人を助けるには、絶対吐かせてはいけない……昔バイトで習った知識に助けられ、コップ一杯の水を時間をかけて飲んだ。

荒く浅い呼吸を続けながらへたりこみ、ほのかとは金輪際、もう絶対に会うまいと固く心に誓った。

今までの逡巡はなんだったのかというほど冷淡に、ほのかの番号を着信拒否にした。おいしそうにガソリンを飲み干した様を思い出すと、鳥肌が立つ。

だが俺も、実のところ家にガソリン携行缶を置きっぱなしにしていた。時々匂いを吸い込んでは精神を落ち着けている。舐めずに嗅ぐくらいなら、許されるだろう……

　クリスマスも年末年始も、郁実から連絡はなかった。

「郁実もかなりしょげてる。でももう怒ってないよ。灯馬からの連絡を待ってるんだ。きっかけくらい作ってやれよ」

　帰省もしなかった俺は、今年初めての会話で亮に散々背中を押されたが、そんな気力は残っていなかった。

　狭い部屋いっぱいにガソリンの匂いが充満していた。床に大の字で寝そべると、けだるくなって目を閉じる。

──新年だってのに、なんか全部どうでもいいな。

　郁実を傷つけたことも、ほのかとの過ちも、まともに受け止められない。道行く他人からすら非難されているという被害妄想に怯え、休みの日は家に閉じこもっている。でもガソリンを嗅いでいれば、嫌なことは全て忘れられた。

　俺はガソリンから立ち上る芳香に金色の粒子を見る。それが鼻孔を通って脳みそに届き、苦しみを溶かす。輝くオーラに包まれて浮遊し、自信と安らぎを取り戻す。が、その至福が続く時間は徐々に短くなっていた。すぐに身体が重くなり、現実が押し寄せてくる。みじめな自分に逆戻りしたときの虚無感は耐え難い。すがるように携行缶を手繰り寄せ、鼻を寄せる。もっと、もっと嗅いでいないと。

「このまま燃え尽きてもいい……」

夢と現《うつつ》のあわいに漂っていると、チャイムが鳴った。それも本当のことなのか判断がつかないくらい、世界が霞んでいた。

「灯馬、いるんでしょ。開けて」

……郁実？

がばりと身を起こすと、すぐさま携行缶のキャップを閉め、ベッドの足元で丸まっていた毛布に突っ込んだ。

ドンドンッ！　と急かすようにドアを叩かれても、俺が開けるべきは窓だ。枕を振り回し、ガソリン臭を散らそうと躍起になる。

「ちゃんと話しようよ、このままじゃあんまりだよ！」

冷や汗をかきながら、空気が入れ替わったことを信じ、せつせつと訴えてくる郁実を迎え入れた。

この前はごめん。

来てくれてありがとう。

元気だった？

「どうも、あけまして――」

ふさわしい台詞を探していたのに、照れ笑いで気の利かない第一声を発してしまう。なんで俺はこうなんだ。

目を真っ赤にしている郁実は、心なしか顔がしぼんで痩せたように見えた。申し訳なさと愛おしさがこみ上げる。

「灯馬、寝てたの？　なんかやつれてるよ」

郁実も俺の風貌に驚いたらしい。確かに最近、ちょっと頬がこけた気はしていた。

「だるくて横になってた。ごめん、待たせて」

郁実は心配そうに小さく首を振ると、自分の両腕をさすりながら部屋を眺めまわした。

「こんなに寒いんじゃ風邪も引くよ。暖房壊れてるの？」

「いや、なんか暑くて」

「熱があるんじゃない？　ダメだよ、そういうときはしっかり身体を温めないと」

止める間もなく、郁実はベッドの毛布を引っ剝がした。

郁実の思いやりが、俺の秘密のボトルを床に叩き落とした。

「え、これって――」

郁実が拾おうとしたので、咄嗟に奪い取る。もしかしたらボトルにガソリンが付着していないとも限らない。

俺たちはたっぷり何十秒か、もしかすると何十分も見つめ合った。

「……それ、バイクに載せてたガソリンだよね」

「…………」

「灯馬、病気だよ」

郁実はきっぱりと俺に宣告した。大粒の涙をこぼして。

――そうか。俺も、病人か……

ついに自分の正体を暴いてもらえたような気がした。身体の力が抜けていく。

「やっぱり、一緒に暮らそう？　放っておけない」

こんな俺でも優しく毛布をかけてくれる郁実に、目頭が熱くなる。見捨てないでいてくれるなんて、郁実ほどの女性がこの世にいるだろうか。俺はなにを迷っていたんだろう？

一緒に暮らそう――

乾いた口を開きかけたとき、着信音が響き渡った。俺の携帯が光り、知らない番号を表示している。

どうせ迷惑電話だ、出なくていい……なのに、胸騒ぎがして受けてしまう。

「苅田灯馬さんのお電話ですか？　須賀ほのかさんの緊急連絡先として、こちらの番号が――」

総合病院から、ほのかが救急車で担ぎ込まれたという報せだった。

「意識不明で大変危険な状態です」

――またガソリンを飲んだ？　大量に？

頭が真っ白になった。脚ががくがくしてほとんど話が耳に入らないが、機械的に相槌だけは打っていた。

「どうしたの？　大丈夫？」

電話を切ってからも呆然と立ち尽くしていると、郁実が寄り添ってくれた。痛みを分かち合うように俺の胸に頬を当て、抱きしめてくれる。

俺もまた郁実の背中に腕をまわしかけたが、ふわりと立ち上ってきた匂いに手を止めた。

人工的な、ピンクのわたがしみたいな、甘ったるい匂い……

郁実の柔らかな身体をゆっくりと押し戻す。

「郁実には、俺より良い人が現れるよ」

このきちんとした女性には、出会いはいくらだってある。

でも、ほのかには――


初夏の龍王峡《りゅうおうきょう》は緑が濃かった。鬱蒼とした遊歩道を通って虹見《にじみ》の滝までやってくると、岩肌を白くなだれ落ちる水の勢いが涼しさとして感じられた。

亮は滝の写真を撮り、すかさず付き合い始めたばかりという彼女に送った。曰く「一番楽しい時期」らしい。

俺が柵に寄りかかって鬼怒《きぬ》川のゆったりした流れを眺めていると、そういえば、と今思い出したかのように呟いた。

「郁実、一回り上の上司と結婚するらしいよ」

「……結婚？」

「うん、灯馬と別れてまだ半年弱だからちょっと早い気もするけど。相当ショック受けてたし、支えてくれる人がいたらコロッといっちゃうのもわかるよな」

亮は言いづらそうで、気を使ってくれているのがわかる。

「そっか。良かった」

でも俺は、心の底から嬉しかった。すぐに結婚を決めたのは、俺のような優柔不断な男に懲りたからだろう。郁実らしいと思った。

——年上か。思ってた以上に早く次を見つけたな。

自然と笑みが浮かぶ。郁実には幸せになってほしい。

「だよな、郁実のことは、まぁ良かったよな……でも俺は今でも灯馬が心配だ。ガソリン女とは別れるべきだと思う」

ピリッとした声音で亮に睨まれたが、俺は受け流して歩き出す。

「写真を見る限り美人でもないし、どこがいいんだ？　今にも死にそうなとこ？」

「さぁね。運命ってやつかな」

くっだらねぇ、と吐き捨てられても聞こえなかったふりをする。ほのかの事となるといつも機嫌が悪くなるので、数ヵ月前から何も伝えていなかった。

「灯馬は洗脳されてるんだ。ガソリン女の命がけの振り向かせ作戦にまんまとハマってな。じゃなきゃ、薄っぺらい同情だよ」

ヒートアップして声を荒らげていく亮にニヤついていると、拳で背中をどつかれた。

「ご心配頂きどうも。でも違うよ。同情なんて安っぽいものじゃない」

川のほとりに下りることができ、思い切り深呼吸をした。緑のむせ返る匂いもいいが、蒼い流れからはマイナスイオンが発生しているようで、健康になれそうだ。
俺だってガソリンの匂いだけが大好きってわけじゃない。

ほのかは峡谷を見上げるように撮った写真を気に入ったようで、からあげに箸を伸ばしたまま見入っていた。

「亮君とのツーリングは、いつも景色を楽しむ旅って感じだね」

「かもね、あいつ意外に自然好きだし。それで、ほのかの方はどうだったの？」

「特別な話をするわけではないけど、カウンセリングしてもらった後は、気持ちが少し楽になるみたい。お薬ももらえるし、なにかあればすぐ相談できると思うと、それだけで心強いよね」

血色の良いほのかの笑顔に安心する。一時は白を越えて黒ずんだ顔をしていたが、別人のように健やかだ。

ほのかは病院を退院し通院に切り替わってすぐ、ほとんど携行缶を運ぶためだけに使っていた車を売り払った。ガソリン切れの禁断症状が出そうなときはＳＯＳを出してもらい、深夜だろうが明け方だろうが俺はバイクですっ飛んでいき、大丈夫だと抱きしめた。

どんなに追い詰められて心がささくれ立っていても、二人で抱き合いひとつになっていると、じわじわと優しいものが満ちてくるのがわかる。

「だけどこんなに穏やかな気持ちでいられるのは、カウンセリングやお薬以上に、灯馬と一緒に暮らし出したのが大きいよ。本当に、すごく感謝してる」

「感謝するのは俺の方だよ」

同棲を始めて、もう二ヵ月近い。毎日を乗り切るので精いっぱいで、お互い結婚なんて考えられないが、ずっと一緒にいられたらいいなと思っている。

俺たちの暮らしのルールはシンプルだ。

ガソリン持ち込み禁止。

——亮には言えないけどな。

夕飯の片付けを終えてくつろいでいると、外からゴォォォという くぐもった音とパシャパシャぴたつく水音がした。引越してきた当時はこの音が気になったものだが、あっというまに慣れるんだから人間の適応力はすごい。

新居は、郁実と物件探しで訪れた例の再開発地区だった。違うのは番地だけだ。

「何色？」

「赤」

「残念、白でした」

ガソリンスタンドの真横に位置する二階の角部屋は、よく洗車の音が聞こえる。ほのかは洗車に気付くと、わざと窓を開け放ち「車の色当てゲーム」を仕掛けてくる。

俺もほのかの隣に立ち、眼下でくるくる働く洗車機を眺めた。出入りする車も多く、騒音が気になる人にはキツイ物件かもしれないが、おかげで相場より若干安かった。

ガソリンスタンドは万が一を考慮した厳しい基準で建てられている設備だから、災害時にはすぐ隣に避難できるのもメリットだ。

「あ、くる――」

吹き上げてきた風にあおられて、窓辺にふっとガソリンの匂いが届いた。ごくたまに勝手に匂ってくるぶんには止めようがないから、俺たちは仕方なく吸い込んでしまっている。

そう、仕方なく。

「今日はけっこう濃いね」

鼻をひくつかせるほのかの仄暗い瞳に、一瞬ずる賢い炎が宿ったが、その火を隠すかのようにパチパチと瞬きをした。顔を見合わせると、うっすらと共犯者めいた笑みを送ってきて、俺も同じ顔をしていたんだなと気付く。

俺たちの暮らしのルールはシンプルだ。

決して破ることはないが、暗黙の了解も含まれている。

ほのかは窓は開けたまま、黙ってカーテンを引いた。

俺は電気を消し、肉体の重みとなめらかな凹凸を確かめながら、ほのかを抱き寄せた。

細胞にまで染み込んでいるかのように、時折ほのかの深い部分からガソリンの匂いがする気がする。でも、たぶん勘違いだ。

同情じゃない。正義感でもない。俺はただひたすら求めていた。たぶん、ほのかに初めて会ったあの日から、ずっと。

ほのかの燃える身体を。燃える息を。

ジューンブライド・バナナパフェ

今日も一日いい汗を流して、理想の自分に一歩近づくんだ。

朝六時にめざましの音でパチッと目覚めると、軽い準備運動をして三十分ほど走りに出る。帰ってきたら何より先に、特製スムージー作り。無調整豆乳カップ一杯にバナナ一本、日替わりで粉末タイプのプロテインをスプーン三杯加えてミキサーへ。月曜はバニラ、火曜はコーヒー、水曜はベリーミックス、木曜の今日はココアのフレーバー。火照った額に汗が流れ落ちるのを感じながら、できたてのスムージーを飲み干す。とろりと甘い液体が喉を通って細胞に染みわたり、私の筋肉になる。

毎朝のこの習慣が、今では何にも代えがたい大切な時間となっている。ずっと運動とは無縁で生きてきたけれど、がんばって続けていれば結果が出るって、なんて素晴らしいんだろう。


十ヵ月前、結婚式場を予約した。六月の土曜大安を押さえるために、一年以上も前に申し込んだのだ。

「俺は平日の仏滅に、家族だけのしっぽり婚でもいいけどね」

大学時代に付き合い始めて七年になる同い歳の恭平《きょうへい》は、かなりおっとりしていて世間体もあまり気にしない。見た目も性格を表しているかのように丸い。プロポーズしてくれたときはもちろん嬉しかったけど「ようやくか！」と脱力した。

「結婚式は両親のためなんだから、希望があれば単なる縁起担ぎだとしても叶えてあげなきゃ」

「へぇ？　芙美香《ふみか》がドレスを着たいから、式をやるのかと思ってたけど」

図星を突かれても、私は知らんぷりをした。ウエディングドレスには、きっと誰だって憧れる。純白のドレスにベールをまとう、人生最大の晴れ舞台。皆から祝福してもらいたいと思うのは当たり前だ。

その日は、式場が提携しているドレスショップに恭平を引きずっていった。デパ地下以外、買い物に付き合うのも嫌がる男だ。私たちは二人とも食べることが好きで、デートは「おいしいお店探し」のことも多い。他には家でテレビを見たり、ゲームをしたり。ぐだぐだのんびりするのが私たちの時間の使い方だった。

二時間で三着のドレスを試したものの、私の心は初めから決まっていた。マーメイドラインで総レースのエレガントなドレス。上半身から膝まではシンプルでタイトだけれど、足元で華やかに広がる裾の美しさが際立っていて一目惚れしてしまった。

だけど胸元のまっすぐなラインがきつくて、脇の肉がのってしまう。露出する肩と二の腕は厚みがあり、闘いに出る戦士みたいだ。デコルテも脂肪に埋没して、うっすら見える程度。ウエストも相当きつい。息が苦しいほど締め付けるコルセットみたいな矯正下着も付けているのに。

だけど同じデザインで、これ以上大きいサイズはなかった。

――ちょっと厳しいけど、このドレスが着たいな。

まだ式までに時間もある。ダイエットをがんばれば、きっと……

「んー、この形は細い人向けじゃない？　他のも着てみなよ」

恭平は嬉しそうに未来の花嫁の試着姿をスマホに収めつつ、さりげなく否定した。私が悔しさと恥ずかしさで赤くなりながら、似た雰囲気のスレンダーラインを試そうとしたら、

「こちらのドレスも素敵ですが、ふんわりしたプリンセスラインはいかがでしょう？　守口《もりぐち》様は女性的でかわいい雰囲気ですから、きっと似合いますよ。式場にも映えるでしょう」

と、アドバイザーの女性にまで先回りされ、楽しみだったドレス選びが一瞬にして屈辱的で苦痛な時間となってしまった。

「やっぱり初めに着たドレスがいい！　一年で痩せるから」

「ハイハイ」

「信じてないでしょ⁉　でも今度こそ本当だよ」

「昔から『今度こそ』が口癖だよねぇ」

ドレスショップの帰りに入ったカフェで息巻く私を、恭平は軽くいなした。学生時代から似たようなやり取りを繰り返してきたから当然の反応かもしれないけど、少しは応援してくれたって……

むくれてメニューを睨んでいると、レトロなチューリップ型のグラスに盛られたパフェの写真が浮き上がって見えた。私はバナナパフェに目がない。

「見てこのバナナパフェ！　明日からダイエット始めるから、今日は最後に思い切り――」

と、手元に置いていた携帯が光った。誰だろう、と思ったら、目の前の恭平からだ。「痩せるんでしょ」のメッセージと、先ほど撮ってもらったドレス試着時の写真。

ふてぶてしくはみ出た自分の贅肉や、ぱつんぱつんのお腹を前に沈黙する。ちょっと、じゃなく、かなり厳しい。もしかしたら見苦しいと言えるかもしれない。

「同じバナナなら、こっち頼んでみれば」

恭平は、デザートではなくドリンクのページを指さした。チョコバナナプロテインシェイク。私はその長ったらしいカタカナの名前に拒否反応しか起きない。

「プロテインって筋肉好きの人が飲むやつでしょ。しかも値段もカロリーもけっこう高くない？」

「でもパフェよりは健康的でしょ。俺はこれ試してみよっと。芙美香はどうする？」

改めて自分の写真に目を落とした。私の身体を構成するのは百二十パーセント脂肪。一片の筋肉もない。ずぶずぶ気が滅入る。

「私、水でいいや」

「極端だなぁ」

「じゃあもうプロテインでいい」

「そんな嫌そうに言う？　パフェ頼めばいいじゃん」

「そういうのが駄目なのッ！　結婚式が終わるまで、パフェは食べない」

自分でも大人げないと思うほど、キツい声を出してしまった。でも恭平に対して、かつてない憎しみを覚えたのも事実だ。

運ばれてきたプロテインはくすんだ薄黄色でどろどろしていて、ビジュアル的にも萎え

る。お互い薄笑いで目配せしあったものの、

「イケるじゃない。ちょっと粉っぽくてモタッとするけどさ」

口にした恭平は、助かったというように笑った。やはり味には期待していなかったらしい。かくいう私も、甘いプロテインなんて人工甘味料たっぷりの気持ち悪い味かと思っていた。でもまろやかで普通のシェイクとほとんど変わらない。おいしい！

「これから、おやつはプロテインにしようかな」

私の素晴らしいアイディアに、恭平がニヤついたのが癪だった。

「プロテインは飲めば痩せるってものじゃないよ」

「わかってるよ！　運動もする。絶対痩せる」

帰り道、有言実行でスポーツ用品店に寄った。まずは走ろうと意気込んだものの、ランニングシューズも持っていないことに気付いたのだ。

「なにかお探しですか？」

買い物中に店員に寄って来られるのは苦手だけど、今回ばかりは専門家がいると心強い。一緒に選んでもらいながら、ダイエットは「結婚式のため」という最強キーワードをさりげなく漏らす。胸板の厚いムキムキの店員から、野太い声で「おめでとうございます！」とおだてられて悪い気はしない。

「実はうちの姉も結婚式のためにダイエット始めて、半年で二十キロくらい痩せたんですよ」

その言葉に耳を疑う。半年で？　二十キロ？

「どうやったんですか！　どうすれば⁉」

私がしがみつく勢いで尋ねると、店員は子どもをあやすように、にっこりと答えた。

「運動して、食事に気を付ける」

「……それだけ？」

「それだけ。でも続けるのが難しいんですよね。毎朝走って、ジムにも通ってました。食事はプロテインに置き換えたりとか」

「プロテイン、ですか」

その日、二度目の登場。二十六年の人生で一切関わりがなかったのに。

「ダイエットというと極端な食事制限をしがちですが、そういうのは良くないんですよ。筋肉が落ちると後から痩せにくくなるし、肌や髪の毛もぱさぱさになるので、やっぱりタンパク質をとらないと。運動したらプロテイン。これ基本。飲んでますか？」

私が首を振ると、店員はシューズの箱を抱えたまま速やかにプロテインが並ぶ棚に案内してくれた。

「初めての人でも飲みやすいのは牛乳から作られるホエイプロテインですかね。味もいろいろあります。いきなり大袋を買うより、多少割高でも少量パックを色々試してみて、お気に入りを見つけるといいと思います。このあたりなんてオススメですね」

言われるがまま、シューズと共に数種類のプロテインを買った。

「他にもカゼインプロテインとか、ヘルシーに植物性のソイやピーとか。それぞれ効果も違って奥が深いのでおもしろいですよ。ではおさらいです。運動したら？」

「……プロテイン？」

店員は破顔して大きく頷いた。

「運動後三十分以内のゴールデンタイムに飲むのが基本です。効率よく筋肉になってくれます。筋肉が増えれば代謝もよくなる。健康に気を付けながら、ダイエットがんばってくださいね」

単なる筋肉マニアに良いように売りつけられた気もするが、私のなかでは全てが繋がった。運動したらプロテイン。半年で二十キロ――それは宇宙の真理のごとく輝き、私の行くべき道を照らした。


翌日の朝から走り始めた。自宅近くのジムにも入会し、自己流で運動メニューも決めた。恭平には「一ヵ月続くかなぁ」とからかわれたけれど、食べ物にも注意するようになったら、本当にみるみる成果が表れて感動しかなかった。体重計に乗るたびに、数字が確実に減っていく。

――なんでもっと早くに、運動を始めなかったんだろう。

生まれて初めて、なにかすごいパワーを得たような気がした。自分は意志が弱くてだらしないポッチャリだと諦めていたけど、そんなことない。私だって、やればできるのよ。

運動は裏切らない。日々進化を実感できる。速く走れるようになる。重いバーを挙げられるようになる。同じ運動量を短時間でこなせるようになる——こんな快感、知らなかった。何をしてもすぐに休憩していた私が、今では涼しい顔でハードトレーニングもこなせている。

もちろん、プロテイン摂取も欠かさない。慣れないうちは、合わない味をどう消費すればいいか悩んだけれど、いかにおいしく飲めるかを追求するのも楽しい。飲みすぎてお腹を壊したり、便秘になったりしながら、やっと現在のスタイルに辿り着いた。私の脂肪はどんどん溶けて、筋肉になっている。

私は日々、強く美しくなっている。

「芙美香ちゃん、今朝も走ったの？」

「もちろん。毎日欠かしません。もちろん休日も」

うっそー！　偉すぎる！　私、絶対ムリー！

同僚たちの羨望《せんぼう》の声と尊敬の眼差しが、心地いい。

「愛の力は偉大だね。婚約指輪、もうゆるゆるじゃない？」

事務の先輩が目ざとく左手薬指を指さしたので、私は芸能人の結婚記者会見みたいに、指をぴんとのばして皆に手の甲を向けた。困ったようなほほ笑みを浮かべて。

「そうなんです、指のサイズも変わっちゃって」

「うわぁ、羨ましすぎる悩み！　ホント、見違えるほど痩せたよね」

ダイエットと言いながらデスクにぎっしりお菓子を溜めこんでいる先輩は、今の私から言わせれば憐れでしかない。

「おはようございます」

事務のお局《つぼね》、責任者でもある飯尾《いいお》さんが出社してくると、皆おとなしく席に戻っていく。私も取り繕った顔で、旧型ノートパソコンに向き合う。

我が小規模商社では、見積もりや注文書の作成から、売上管理、経理に至るまで五人の事務でこなしている。未だに手書き書類が多くてＦＡＸも現役だけど、私自身もアナログなので、エクセルを使いこなせる後輩が眩しい。

かつて貿易事務でも働いていたという飯尾さんは、たぶん五十歳前後。いつも露出度の低いモノトーンかベージュ系のきちんとした格好をしている。お堅いオールドミスというイメージをそのまま体現しているようだ。でもソバージュヘアに太い眉毛という組み合わせが、妙にバブリー。上司だから結婚式のスピーチを頼まざるを得ないけれど、ちょっと苦手だ。いつも冷めた目つきで、馬鹿にされている感じがする。

「守口さん、お昼それだけ？　足りるの？」

昼休みにデスクで持参したお弁当を食べていたら、その飯尾さんに声をかけられた。普段、仕事以外の会話はほとんどしないのに、いきなりお母さんみたいなことを言われてびっくりする。

最近お弁当箱をひとまわり小さくして、中身も玄米に鶏のササミ焼きや茹で野菜とヘルシーを意識している。正直、全然足りない。食べるそばからお腹がすく。

だけどもちろん、そんな惨めなことは言わない。

「大丈夫ですよ。よく嚙んで食べると、意外に腹持ちしますし」

「朝はちゃんと食べてる？」

「はい、毎朝しっかり栄養とってます」

「ならいいけど。最近あまり顔色が優れないみたいだから気になってね。ダイエットもいいけど、無理しすぎないように」

余計なお世話だよ、と言い返したくても、しおらしく頭を下げる。飯尾さんは言い方がいちいち先生みたい。怒られているような気すらして、気持ちが沈む。これだから皆から煙たがられるんだ。

私は苛立ちと空腹を紛らわすために、玄米を咀嚼し続けた。


十八時に仕事が終わると、その足でジムへ直行する。

——さぁ、これからが本当の私の時間よ！

最寄り駅に隣接している大手スポーツジムは、トレーニングマシンはもちろん、フィットネスプログラムも充実しているし、お風呂やサウナも使える。ロッカーを借り、シューズやシャンプーなども置いているので、週末にまとめてタオルやウェアを補充しておけば、平日も仕事の後にほぼ手ぶらで立ち寄れるのだ。

以前はゆったりしたTシャツで身体の線を隠して運動していたけれど、今ではお腹もへこみ、ノースリーブのウェアがお気に入り。学生時代のたるたるジャージパンツともお別れし、膝をサポートしてくれるレギンスに軽やかなショートパンツを合わせれば、颯爽《さっそう》としたスポーツ大好き女子が鏡に映る。一年前の自分とは別人だ。

まずはゆっくりとストレッチから始めて、トレーニングルームで筋トレ開始。設置されているマシンを一巡したら、上半身の引き締めに効果的というものだけ繰り返す。

――チェストプレスの重量、もう少し上げようかな。

椅子に座って肩甲骨を寄せ、胸の横あたりに高さを調整した左右のバーを前に押し出す。始めたばかりの頃は、二十キロの負荷で二の腕がぷるぷるしたのに、今ではその倍の重量にも耐えられるようになった。

――あと一回、もう一回……

一セット十回を目安に、と教えてもらったものの、つい何十回も繰り返してがんばってしまう。胸筋にビリッと効いているのを感じると、限界まで挑戦したくなる。

トレーニングは孤独だ。私を見ているのは私だけ。だから自分にどんどん厳しくなる。辛ければ辛いだけ素晴らしい気がして、歯止めがかからない。「もういいよ」という私と、「もうちょっと」という私が闘い始め、時々泣きたくなる。

だからプログラムのアナウンスが流れて、ホッとした。自分一人では鍛錬のルーティーンから抜け出すのは難しい。水を飲む暇もなく、慌ててスタジオに移動する。

今夜のお目当ては格闘技の動きを取り入れたボディコンバット。ノリのいい音楽に合わせて夢中でパンチやキックを繰り出すと、無敵になれる。

　イケメンのインストラクターにかぶりつける最前列は、いつものようにジムの古参連中が陣取っていた。スタジオに早く来た人から前に並ぶのかと思っていたら、暗黙の了解があるらしい。プログラムに参加し始めた当初はそれを知らなくて「動けもしないのに、よく前に出られるね。勇気あるわぁ」と冷笑された。ただでさえ一人参加は心細かったのに、イビられて挫けそうにもなった。

――でも今では、私のほうが素早く華麗に動けてるんだから。

　後方から最前列にガンをとばし「ハッ！」と踵《かかと》落としのごとく勢いよく足を蹴り上げると、両隣の女性たちが息をのんだ。賞賛のまなざしを感じて気分がいい。細マッチョのインストラクターの視線も飛んできて、私のキレキレの動きを認めてくれていることに満足する。

　ジムの締めくくりは有酸素運動。エアロバイクは漕ぎ始めれば楽しい。ペダルを踏むまでは「もう帰ろうかな」と億劫なのに、いつしか自分の汗臭さもスカスカの身体も消え去り、魂が栄光の世界に導かれるような感覚が起きる。嫌々始めたのが嘘みたい。

――ちょっと物足りないかも。もう十分追加で漕ごう！

　やりすぎは良くないぞ、と頭の片隅から声がするのに、運動していると脳内麻薬物質でも生まれるのか、ツラ気持ちよさでハイになる。この苦しい恍惚感は、肉体の変化という確かな結果に裏打ちされて、更に増幅されていく。目がかすんで頭が回らなくても、身体は止まらない。完全燃焼する前に止まったら、後で悔やんで泣きわめくことになる。だから一分一秒でも長く、自分を追い込まなくては。意識的にストップをかけるのは、生理の時くらいだ。

　そういえば最後に生理がきたのっていつ？　二ヵ月前？　妊娠の可能性を考えて一瞬焦ったけれど、冷静に計算してそれはない。そういえば学生時代、痩せてる友達は生理が不定期だと言っていた。私もついに痩せグループの仲間入りか。なんにせよ、なければないほうがいい。毎月一週間も運動量を減らすなんて耐えられない！

　そうして汗一滴まで絞り出した身体は、ぽっきり折れる寸前。

――早く、早く筋肉を回復させないと……

　身体が栄養を渇望している。細胞レベルの疲弊。最後の力を振り絞って、家で調合してきたプロテイン入りシェイカーを振る。

　だまになっていても、泡だらけでもおかまいなしに口を付ける。水で溶いただけでおいしくはない。でも欲している。砂漠で求める水はこんな感じじゃないだろうか。今これを飲まなければ死ぬ。私は朦朧とした頭で喉を鳴らして飲む。

　ふと、なにをこんなに必死になっているんだっけ、と立ち止まりそうになる。でも止まったら負けなのだ。私は進み続けねばならない。運動したらプロテイン。半年以上かかったけれど、二十キロ減まであと一歩だ。

　今日も一日よくがんばった。偉いぞ私。

「そんなに仕事が忙しいわけ？　メールの返事くらいできるでしょ」

帰宅を見計らったように、恭平から不服そうな電話がかかってきた。もう二十三時近い。

「今ちょっと精神的に余裕ないの。産休で人が抜けて、しかも風邪でお休みする人もいるしで」

恭平には週三でジムに通っていると話してある手前、くだらない嘘を吐いてしまう。こっそり成果を出して驚かせたかったし、週七で通っているとバレたら、やりすぎだと止められそうだから。

「こんなに長いこと会えなかったの、考えてみれば付き合いだして初めてだな。でも明後日こそ時間取れるよね？」

この一ヵ月というもの、恭平とデートする暇はなかった。カロリーの高い外食もしたくなくて、のらりくらりと誘いを断っていた。独身生活最後くらい自由に時間を使いたい、思い切り運動に打ち込みたい、という思いもある。

とはいえ式まで三ヵ月と迫り、そろそろ準備も大詰めだ。今週末はドレスショップの予約もしてあった。いよいよ、ウエディングドレスを決定するのだ。

「大丈夫。土曜はショップで直接待ち合わせよう」

楽しみだなぁ！　と屈託のない恭平の明るい声に相槌を打ちながら、私はふつふつと沸きあがる喜びに笑い出しそうだった。

今まで、なにかに対して勝利や成功を確信したことなんてなかった。いつもヘマしないか、笑われないか、自分に自信がなかった。

――だけど私は変わった。心身ともに強く美しくなったの。

電話を切ると、お弁当箱も洗わずベッドに倒れ込んだ。へとへとだ。空腹で目が回るようだけれど、このまま寝てしまえばいい。明日も朝から走り込みが待っている。

恭平は口を半開きにしたまま絶句し、つぶらな瞳を忙しなくしばたたいた。その仰天ぶりがおかしくて、誇らしい。

「仕事、そんなにキツイの？」

心配そうに眉をひそめる恭平に、私も一瞬ぽかんとしたが、どうやら「殺人的に仕事が忙しい」という説明を鵜呑みにして、そのせいで痩せたとでも思っているらしい。どれだけ辛く苦しく過酷な日々に耐え抜いているか話そうかと思ったけれど、恭平があまりに真剣な顔だったので、嘘だと言い出せない。

「大丈夫、元気だよ。仕事はつまんないけど、運動でストレス発散してるから」

私がほほ笑んでみせても、恭平はおろおろして泣きそうだ。

「そんな大変なときに、無理するなよ。おいしいもの食べて、しっかり休養しなきゃ」

なにかと理由を付けて、すぐ「おいしいもの」を食べよう、食べさせようとするのは昔から変わらない。まぁ私も少し前までそうだったから、恭平の言い分もわかるけど。

「ちょっと痩せすぎじゃない？　前に会ったときだって――」

「この一ヵ月で、リバウンドしてると思ってた？」

「そんなことないけど……毎日キツそうだし、ストレスでドカ食いしてなければいいな、とは思ってたかな」

どうせ私にダイエットは無理だって思ってたんじゃないの？　冗談まじりで聞いてみたかったけれど、恭平は本気で心配してくれているようで、やっぱり口に出せない。

せめて恭平の曇り顔を晴れやかにしたくて、ふっくら温かい手に、すらりと変身した私の指をからませた。今では大きすぎる婚約指輪が、薬指を支柱にして心許なげに回る。

あの日、必死の思いで贅肉を詰め込んだドレスが、今日は着てみる前からぶかぶかだとわかった。一番下のサイズを出してもらっても、まだゆとりがある。矯正下着なんて必要ないくらいだけど、身体のラインを強調するマーメイドラインをより美しく着るためには、もっとくびれを作りたい。

――早くジムに行きたい！　絞らなきゃ！

私は勢いよく試着室のカーテンを開けると、恭平に勝ち誇った満面の笑みを向けた。

「どう？　ちゃんと着られるようになるって言ったでしょ？」

「うん、すごいよ。キレイだ」

恭平はじっと私を見つめた後、わざとらしくはしゃいだ声を出した。そのリアクションに真心がなくて、失望してしまう。

――やっぱり私が痩せられるって、信じてなかったんだ。

夢にまでみた憧れの美しいウエディングドレスは、足元でまあるく真っ白な裾を広げている。花のラメ刺繍がさりげなく輝いて、まるで光るお花畑に立っているみたい。私が主役なんだと周囲に知らしめてくれる。

なのになんで、恭平はもっと喜んでくれないの？　芙美香、よくがんばったね、きれいになったねって褒めてくれないの？

歯切れの悪い笑みを浮かべた恭平に写真を撮ってもらいながら、改めて全身鏡に向き合う。体重が落ちたぶん胸も痩せてしまった。パッドを詰めてもらっても、直線的でストンと寂しいシルエットな気がする。引き締まった筋肉という感じでもなく、みすぼらしい。女性らしい曲線美が魅力的なラインなのに……

ダイエットは大成功。結婚式の衣装が念願のドレスに決まった。めでたしめでたし——でも心から喜べないのはなぜだろう。

さっきまで羽のように軽かった身体も、重油まみれのように黒々と重い。私は勝利したはずなのに、このべたつく敗北感はなに？

運動しよう。

もっと身体を動かして、もっと理想の自分に近づけば、きっと全部うまくいくんだ。運動したい。運動しなきゃ。

「今夜は泊まっていいよね？　久々に会えたんだしさ」

上目遣いで甘えてくる恭平を突き飛ばし、ジムに駆けて行きたいところをぐっと堪える。式の準備も山積みで、夜は私の家で作戦会議と決まっていた。

お腹が空いたとうるさいから、手早く彩り美しいアボカドと卵、鶏むね肉の低インスリンサラダを作ってあげたのに、恭平は口をへの字に、眉毛は逆八の字にし、腕組みまでして不服を示した。

「これだけ？」

「デザートに自家製プロテインアイスもあるよ」

「……芙美香、これ以上痩せる必要ないよ？」

「体重を維持するには、これくらいしなきゃダメなの。でも恭平は、そのお腹どうにかしたほうがいいね。太ったんじゃない？」

「昔からこうですよ。でも特に困ってません」

「じゃあ好きなもの食べなよ！　Ｌサイズのピザでも注文したら？　私は食べないけどね」

私の厚意も努力も台無しにする気？　無言の怒りを発しながら食べ始めると、恭平はしゅんとしおれてしまった。結局サラダに手を伸ばしておいて、侘し気な目でこちらの顔色を窺うのは止めてほしい。

せっかく二人で食事してるのに、気まずくなってしまったじゃないか。式の話なんてできる気分じゃない。それよりジムに行けないことで、気がおかしくなりそうだった。罪の意識がどんどん大きくなって、いてもたってもいられない。

「ねぇ恭平、ご飯のあと一緒に走ろうよ」

「……ヤダ」

あからさまなふくれっ面。恭平はいつも大らかで私の希望を優先してくれるのに、疲れていると時々こうなる。

私も疲れを感じていないわけではない。でもそれ以上に走らないわけにはいかない。今日は身体を甘やかしすぎた。

恭平は食べ終わった後も椅子から動かず、テーブルに頬杖をついてテレビを見始めた。その怠惰な姿を見ると、私も今夜くらい休もうかな、と一瞬弱気になるけれど、ここで負けてたまるか！

一人で夜のランニングに繰り出すと、夜風が気持ちよかった。ジムでも聴いているテクノミュージックはアドレナリンを増幅させる。

——もっともっと、私はもっと遠くに行けるはず……

ぎりぎりの限界まで努力できる自分に酔う。膝に痛みが走っても、万能感は苦痛さえ忘れさせてくれる。

三十分の予定がつい一時間近く走り込んでいた。汗だくのふらふらで帰宅すると、食器はきれいに洗われていて、恭平はまるいお腹を出したままごろんとベッドで寝ていた。

日曜も朝ランに出てプロテインを飲んでいると、恭平は宇宙人と遭遇したかのようなまなざしを送ってきた。

「毎朝こうなの？」

そこに恐れの色が浮かんでいて、フン、と思う。私の意志の強さに感嘆しているのだろう。

「そうだよ。私、朝のこの時間が一日で一番好き。恭平は？」

「仕事終わってビール飲んでるときかな」

「それと似てるかも、運動後のプロテインって。この一杯があるからがんばれる、みたいな。ぷはぁって爽快だよね」

「そうかもしれないけど、ごめん俺、よくわかんない。昼ご飯くらいさ、おいしいもの食べに行けるよね？」

私の健康的な生活習慣に対してはノーコメントで、朝からランチの心配？　恭平の弱り切った顔は不細工に歪んでいて嫌になる。

「恭平の『おいしいもの』は『カロリーの高いもの』でしょ？　運動もしないし、このままじゃ生活習慣病に――」

「もういいよ！　今の芙美香と何を食べたっておいしくない！」

本人のためを思って注意したのに、恭平は私を全否定するひどい台詞を投げつけ、不貞腐れた顔を隠しもせず帰っていった。

後味が悪い。最近、些細なことでトゲトゲしてしまう自分に気付いてはいる。でも毎日朝から晩まで極限状態までがんばっているのに、リスペクトされなければ腹も立つ。

こういうとき追いかけて話し合ってもうまくいかない。数日もすればお互いに頭も冷えて、何事もなかったように笑い合えるはずだ。ずっとそうやってきた。しばらく連絡を控えて、そっとしておこう……

今まで以上に身体を動かすことに専念した。汗を流せば流すほど嫌なことを忘れられる気がする。○・一キロ体重が減ると、有頂天になった。私はこんな苦行に耐えてまだ進化している！　私は強い、小さな悩みなんてどうってことない！

気付けばあれから一週間以上経っていた。恭平から連絡はない。それでも私から連絡はすまいと意地になり「早くメールしてこい」と念じながらジムに通い、プロテインを調合する。ぼろぼろの身体に染みわたるプロテインは、ついに脳にまで行き渡り始めたらしい。ねばつく甘さに舌が飽きてきたのか、わずかなえぐみが気になり出した。最近は青臭かったり、薬品みたいな味のものをオエッとなりながら飲んでいる。マズいほうが効くような気がするのは錯覚だろうか。筋肉のためというより、精神安定のために。

――あぁ早く仕事終われ！

今夜は大好きなプログラム、ボディジャム。エクササイズダンスといえるだろうか。リズミカルにステップを踏み、ちょっと難しい振付がビシッと決まると鳥肌が立つほど痛快だ。軽やかに踊る素敵な自分を想像すると、自然と頬がゆるむ。なんなら最前列に割り込んでやろうか。

「守口さん、この売上管理の数字、おかしくない？」

あと十分で退社だとほくそ笑んでいた私は、飯尾さんに書類を戻されて固まった。

「元のエクセルデータに問題があるみたい」

「すみません、すぐ直します」

慌ててエクセルを開くと、計算式の中から抜けてしまっているセルがある。気付けず作業してしまった自分も悪いが、誰だよ変にいじって上書きした奴は。ボディジャムは十九時からだから、定時に上がってすぐ向かわないと間に合わないのに。

「そういえば新規でご注文頂いた件、明後日が納期だよね？　問題ない？」

飯尾さんは焦りまくっている私に、何気なく声をかけてきた。全く忘れていたので一瞬ヒヤリとするが、問題ない。

「はい、先日メールで注文書を――送れてませんでしたッ！」

念のためにメールボックスを確認して、叫んだ。正確にはメールは送れていたが、注文書の添付を忘れていた。初歩の初歩だ。しかもその後、発注先から問い合わせメールがあったのに、了解メールだと思い込んで読み飛ばしていたことに気付き、死にたくなった。

「すぐに発注先に連絡。最短納期を確認できたら教えて。先方には私から連絡するから、見積書もください」

思考回路がショートした私に、飯尾さんは声を荒らげることなく、いつもの落ち着いた調子で指示を出してくれた。完璧主義で自分にも他人にも厳しい人なのに、凡ミスを責めないのが意外だった。

　でも私は自分が情けなくて消えてしまいたい。デスクの受話器がひどく重く感じられて、番号を打つ指が震えた。

「昨日に重ね、本当にすみませんッ」

　ついにやってしまった。新卒入社から五年間、無遅刻無欠勤を貫いてきたのに、寝坊で遅刻。最低だ。

　昨夜のミスは飯尾さんにフォローしてもらい奇跡的に事なきを得たものの、精神的に擦り切れた私は、やっぱりジムに向かうしかなかった。負の感情に任せて、自分をイジメるために負荷の高い筋トレを繰り返していたら、背中に激痛が走った。それでも脂汗を流しながら閉館時間まで続け、家に辿り着いたときには燃えカスになっていた。心待ちにしていたはずの恭平からの着信に気付いても折り返す力はなく、気絶するように寝てしまったのだ。

　飯尾さんに頭を下げ、黙々と仕事に取りかかったものの、じわりと涙がにじんできた。

「遅刻っていっても、十五分なんて大したことないって。そんな落ち込まなくて平気だよ。芙美香ちゃん、マジメすぎ」

　隣の席の先輩が苦笑しながら肩を叩いてくれたけれど、うっとうしい。会社のことなんてどうでもいいのだ。十ヵ月以上続けてきた、朝ランができなかったことが悔しくて泣いてるの。

　こうやってサボってしまうのが危ないんだ。なし崩し的にダメになっていきそう。またリバウンドしちゃうかも。決めたことが毎日ちゃんと続けられないなんて、私はやっぱり弱い人間なのかな。

——明日は今日の分まで走らなきゃ……！

お弁当を用意する時間もなかったので、ランチは抜くことにした。デスクでエクササイズ動画を見ながら、密かに腿上げに励む。少しでも走れなかった分を巻き返したい。

「楽しそうだけど、実際にやるとキツイんでしょうね」

いつのまにか飯尾さんが背後にいて、動画を覗き込んでいたのでビクッと身体を縮めてしまった。

「ちょっと話があるんだけど」

飯尾さんに促され、血の気が引く。

誰もいない会議室で隣り合って座ると、飯尾さんは膝の上で手を組んで、思案するように視線を落とした。

私の緊張は最高潮に高まる。昨日のミスのことか、今朝の遅刻のことか……頭がくらくらしてくる。

「やっぱりああいうのは、夢中になっちゃうの？」

「……ああいうの、と言うと？」

「さっき見ていたようなエクササイズとか、朝走ったりとか」

予想もしていなかった展開に驚いて、咄嗟に言葉が出ない。

「気持ちよくて、どんどんのめりこんでしまう感じなのかしら」

「そうですね。特にジムのプログラムなんかで、アップテンポな音楽に合わせて飛んだり跳ねたりしていると、スカッとします」

「ストレス解消にもなるのね。でも、疲れるでしょう？」

「疲れる以上に快感なんです。インストラクターさんも褒め上手で優しくしてくれますし。私、始めはドタバタ恥ずかしい動きしかできなかったんですけど、最近は余裕で曲についていけるし、周りのカッコいい女性たちにも負けてないと思うんです。動きにキレが出てきて、すごいね、とか褒められちゃうこともあって」

「ジムでは自分にスポットライトが当たっている感じ？」

「そう、そうかも！」

話していくうちに昂《たかぶ》ってきて、顔が紅潮するのを感じた。止まらない。

「この十ヵ月ですごく痩せたし、注目されてる気がします。ずっと劣等感の塊でしたけど、優越感というのを初めて知りました。私みたいなドン臭くてツマラナイ奴でも、身体を動かしてる時は特別な、スゴイ人になれる気がするんです」

「そう、なるほどね……その感覚、少しわかる気がする」

熱に浮かされたような私の饒舌に、飯尾さんは重々しく頷いた。聞いてほしかったのに「わかる」と軽々しく言われると、嘘吐け、と思ってしまう。

私はようやく冷静さを取り戻し、飯尾さんを観察した。太い眉毛は自前かと思いきや、近くでよく見ると描き足している。マスカラは使わず、アイラインだけ。薄い唇の淡い紅は、色付きリップか。爪はきちんと切りそろえられていて、もちろんネイルなどしていない。自分を美しく見せるためというより、最低限の身だしなみとして化粧をしているのだろう。

飯尾さんは中肉中背、不器量ではないが美人でもない。小さくて丸い鼻に愛嬌を感じる人もいるかもしれないが、一言で言えばパッとしない。以前の私と似たようなタイプだ。

「お式は六月よね」

急に目を見つめて問いかけられ、私は身構えた。

「一年も前から、その日のために努力できるって本当にすごいわ。運動も食事も気を付けて、それを維持し続けるってなかなかできることじゃないもの。でも今のお話を聞いていると、運動そのものが守口さんにとっては重要で、ある種の儀式みたいなものなのね。特別な自分に生まれ変わるために、欠かせないもの」

飯尾さんにずばりと言い切られ、胸に妙な影が差し込んだ。それはモヤモヤと広がって、私を息苦しくさせる。

「結婚式のためにきれいになりたいという気持ちは、とてもよくわかる。だけど最近、すごく疲れているみたい。なにごとも、やりすぎはよくないわよ。今朝起きられなかったのは、きっと守口さんの身体が悲鳴を上げているからだと思うの。体力が回復するまで運動は控えて、そのためにもご飯はちゃんと食べなきゃ」

まるで親身になった優しいアドバイスのようだけど、私は裏に隠されている思惑を察知した。独身の飯尾さんは、私が結婚して美しくなっていくことが許せないんだ。私を堕落させて、パッとしない仲間に引き戻そうとしている。

「仕事中もぼんやりすることが増えてるでしょう？」

やっぱりね。昨日のミスも、内心ずっと怒ってたんだ。

「皆も、守口さんががんばりすぎなんじゃないかって心配してる」

皆って誰よ？　年中ダイエット宣言してる先輩？　私が冴えないデブじゃないと安心できないんでしょ。私を自分より下に置いて、優位に立っていたいんでしょ。

そうはいかないよッ！


疲労困憊《こんぱい》。その四字熟語がレッドカードのごとく頭にちらつく。だけどジムを休んだら、飯尾さんたちの策略通りになってしまう。痛めた背中をさすりながら準備運動にとりかかると、身体が軋むような違和感があった。あれ？　不安になって、軽く飛んでみる。気のせいだ。こんなの、よくあること。

ざわつく心を抑え、ボディコンバットの最前列に陣取った。「いつもの席」を取られた常連組から睨まれても、どうってことない。あからさまなひそひそ話も、完璧に無視してやった。

イケメンインストラクターがやってくると、最前列の私に驚いた顔をした。近づいてきて私の顔を覗き込むように身体を屈めたので、ドキッとしてしまう。

「顔色が悪いみたいですが、大丈夫ですか？」

「全然大丈夫です！　いつもこのプログラムに参加するのが楽しみで。今日もよろしくお願いします！」

「そうですか、でも無理はしないでくださいね。ご存知の通りハードですから、きついなと思ったら休んでください」

はいッ！　お行儀の良い返事をして、横目で常連組の様子を窺う。アイドルを独り占めされたファンクラブのように、嫉妬に満ちたどす黒いオーラを放っていた。

——イイ気味！　でも勝負はここから。見てなさいよ。

大音量で音楽がかかり、ぐんぐん調子が上がる。最初は軽いジャブから。シュッシュッ！　声を発しながら拳を繰り出す。徐々に大胆に、大きく。毛穴という毛穴から汗が噴き出る。

プログラムも後半、だんだん激しく高度な動きになると、レベルの低い人は振り落とされる。だけど私はパーフェクト。素早いサイドステップから、上半身を床と水平にするようにねじり傾けて、真横に蹴りを繰り出す。

「ッ！」

バランスが崩れた、と思った瞬間に転倒していた。腰骨を強打し、あまりの痛みに下半身まで痺れてくる。

「大丈夫ですか⁉」

私はハッハッと過呼吸のように短い息を繰り返し、なんとか起き上がろうと床に肘をついた。でも力が入らない。手が震えてへたってしまう。

音楽が最高潮に盛り上がるなか、私は抵抗を諦めて、だらりと仰向けになった。参加者は静まり返り、私を取り囲んで死者を弔うように見下ろす。憐れみのまなざし。

——負けた……

インストラクターの逞しい腕に抱き起こされた。謝らなくては、お礼を言わなくては。そう思っても、唾液すら蒸発してしまったのか、口の中がカラカラで声が出ない。

軽々と抱え上げられ、私は生まれて初めてお姫様だっこをされているんだな、と気付いた。


しばらく寝かせてもらってから、ジムを後にした。タクシーは頑なに断り、なけなしの自尊心で笑顔を作って。

——そういえばプロテイン、飲み損ねちゃった。

霞がかった頭で足をひきずりながら家まで帰ると、アパートの前によく見知ったずんぐりしたシルエットがあった。恭平だ。スーツ姿でビジネスリュックを背負い、コンビニ袋を提げて所在なげに立っている。

私を見つけた瞬間、恭平の顔がくしゃっと潰れた。珍しく機敏な動作で駆け寄ってきて、大きく両腕を広げて抱きしめてくれる。恭平の厚みある胸に身体を預けて、思わずほほ笑んでしまった。あたたかくて柔らかくて、脂肪は優しいな。

「連絡取れなくて、心配で」

恭平は私の頭の上で鼻をすすった。見上げなくても、真っ赤な顔になって目を潤ませているのがわかる。恭平は優しすぎるな。

この一週間は家事をする間も惜しんで運動していたから、家の中はカオスだった。でも何もしたくない。本当は今すぐ床に寝転がりたいくらいだ。

「ごめんね、昨日電話もらってたのに、折り返す余裕もなくて」

私は冷蔵庫を開きながら、ぼそりと言い訳をする。

「こっちこそ、この前はごめん。怒って出てっちゃって。あれからいろいろ考えてたんだ——」

恭平が一拍置いた。嫌な予感がして振り返ると、黒目がちな目を光らせてこちらを真っすぐに見つめている。本気度が伝わってきて、頭を抱えたくなった。今の状況でまともに話し合える気がしない。

苦り切った思いで豆乳を注いだプロテインシェーカーを振っていると、恭平は「あ！」と顔を輝かせてコンビニ袋をまさぐった。

「そんなのより、こっちにしなよ」

取り出したものを得意げにテーブルに置く。バナナパフェ。

私はその透明なカップに詰まっている、生クリームとバナナとその他の高エネルギー体を、穴があくほど見つめた。恭平への感謝と申し訳なさでいっぱいだった胸の内に、憎悪が吹き荒れる。

「なんなの？　嫌がらせ？」

声が震えて裏返るのを抑えきれない。

「言ったよね、結婚式が終わるまでパフェは食べないって」

「結婚式は止めよう」

私は般若の顔のまま「へ？」と間抜けな返事をしていた。

「さっきメールしたの、見てない？　この前ドレスを試着したときの写真」

見てない……というか、待て待て。

「ドレス、ちゃんと着れてたでしょ？　式までに、あともう少しウエストと二の腕を——」

「痩せすぎだよ！　まるで鶏ガラみたいだった」

「ハァ⁉　じゃあ豚のがいいわけ？　デブって馬鹿にしたくせに」

「してないよ、デブなんて言ったこともないし」

「言った、痩せろって言った。私は意志が弱いって怒った！」

「怒ってない！　ただ芙美香が痩せたいって言うくせに、すぐ——」

「やっぱり！　私はダメな奴だって見下してる！」

私は力いっぱいシェーカーをテーブルに叩きおろす。バナナパフェがその勢いでぷるんと揺れた。

「見下したことなんてない。今だって、走ったりジム行ったり、芙美香はすごい、偉いって思う。俺には絶対できないよ。尊敬してる。だけど、やりすぎだ。歩くのもおぼつかなくなるまで運動するなんて、おかしいよ」

恭平は涙声だった。私の骨ばった手を取り、両手で包み込むようにしてさすってくれる。そして薬指にぶら下がる婚約指輪に触れた。

「結婚式なんてしなくても、結婚できる。ドレスなんてどうでもいいじゃないか」

「どうでもよくない！　私は結婚式がしたい、ドレスが着たい！　こんなにがんばったのに……痩せてきれいになったとこ、皆に見せなきゃ気が済まない。見返してやるのッ」

「見返すって……誰も芙美香のこと、馬鹿にしてないよ？」

恭平は困惑した顔で首を傾げた。

恭平は純粋だから、本当にそう思ってるのかもしれない。でもね、私は馬鹿にされてた。面と向かってじゃない。そんなわかりやすくないの。皆、私に優しさとかまじめさとか、誠実さとかドジさとか「愛すべきぽっちゃりキャラ」を求めてきた。私はその期待に応えなきゃ、ただのデブとしか扱われない。存在理由がない。

そうやって皆、私のこと踏みつけにしてきた。

奴らを全部まとめて見返す。結婚式という晴れ舞台で、真の私を見せてやる。アンタたちよりずっと強いんだって示すんだ。

「あの芙美香が、あんなに痩せてきれいになって結婚するなんて。羨ましい！　悔しい！　負けた！」

そう言わせるために、結婚式をしなきゃダメなの。美しいドレス姿で幸せを約束されたプリンセスみたいに輝かなきゃいけないの。

「芙美香、大丈夫か？　座りなよ、ふらついてる」

激情に駆られた私は、鼻息を荒らげて喘いでいた。

「疲れたときは、甘いものが――」

無意識に、恭平が差し出したバナナパフェを払いのけていた。見事なまでのクリティカルヒットでパフェは水平にぶっ飛び、壁に激突した。ケースが割れ、無残に飛び散ったクリームと輪切りバナナが壁にへばりつく。それがぼとりと床に落ち、白く散っていく様を眺めていると、心の奥がすーっと冷たくなった。

「芙美香はこれから一生、大好きなバナナパフェも食べない人生を送りたいの？」

恭平の、信じられないほど沈んだ声。見たこともないほど昏い目――大変なことをしてしまったという焦りが突き上げてきて、余計ヒステリックに叫んでしまう。

「痩せるの！　食べないの！　恭平が言ったんだよ」

「俺は言ってない。言ってないけど、喜んで撤回する。俺は芙美香と、芙美香の好きなものを、おいしいねって笑いあって食べたい。何のためにそこまで運動してるの？」

運動しないと気が済まないから。

運動しないと怖くなるから。

運動しないと私は弱くてツマラナイ人間に戻ってしまうから……

私は答えられない。だってそんな理由、変だもの。

「結婚式のために苦しまなきゃいけないんなら、もう式なんて止めにしようよ」

「恭平は、書類の上で結婚できればそれでいいの？」

私は追いすがる。結婚式はしなくちゃ。奴らを見返さなきゃ。

「……ずっと結婚したかった。今でも思ってる。けどもし、芙美香がこんな暮らしを続ける気なら、俺は耐えられないかもしれない」

へ？

恭平は私の脇に自分の腕を差し込み、抱きしめるように立たせると、ベッドまで連れていってくれた。恭平の言葉の意味がよくわからない。私は腑抜けになってしまって、何も言えない。ベッドに優しく寝かされても、恭平の姿をぼんやり目で追うことしかできない。

恭平はパフェの残骸を拭きとって回った。随分広範囲にわたり飛び散っていたらしく、あちこち丁寧に掃除をしてくれる。それから、私が散らかし放題にしていたものを片付け始めた。

泣きたい。

でももう涙を流す力も残っていなかった。かさついた身体は枯れ葉みたいだ。なのに、まぶたすら重い。

うつらうつらと眠りに引き込まれていくなか、大きな背中が去っていくのが見えた。待って、と呼びかけたつもりだったけれど、声になっていたかどうか。

深くて真っ暗な地の底に落ちていくように、意識が飛んだ。


会社に着くとちょうどお昼の時間で、同僚たちは出払っていた。今朝もまた起きられず、午前休にさせてもらったのだ。

「体調はどう？　実は守口さんに見せたいものがあるの」

自らに絶望して俯きながら出社した私は、飯尾さんの不思議と明るい声に顔を上げた。

昨日と同じ会議室で隣り合うと、飯尾さんは紙袋からピンクのふかふかした定規みたいなものを取り出して、広げてみせた。

「扇子？　……ジュリアナ？」

「そう。守口さんの話を聞いて思い出してね。恥ずかしいから、ここでは内緒にしていたんだけど」

飯尾さんは手首を器用にくねらせてゴージャスに羽根付き扇子を振り、私の度肝を抜いた。ソバージュと太眉は、本当にバブルの名残だったのか。

「ジュリアナって、バブルの代名詞みたいなイメージがあるかもしれないけど、むしろ崩壊後に狂い咲いた花みたいなものなのね。当時、冴えないお茶汲みＯＬだった私は、ジュリアナのために生きてた」

ケバケバしい扇子は、会社の机に置かれるとすごい違和感だった。私は呆然としつつ、突然始まった飯尾さんの思い出話に耳を傾ける。

「ボディコンって知ってる？　ぴったりした超が付くミニワンピースに着替えると、モードが切り替わるの。目立たない昼の私は仮の姿、過激でイケてる夜の私が本物なのよって」

「そのモードが変わる感じ、わかります」

つい頷くと、飯尾さんは初めて親しみが湧く笑みを浮かべた。

「ディスコで踊っていると、世界は音と光の洪水で満たされていて、その熱狂の中心に自分がいるみたいに感じたわ。夢中で扇子を振って皆の視線を集めるとね、私は特別ですごい女の子になったような気がした」

――特別な自分に生まれ変わるために、欠かせないもの……

昨日の飯尾さんの言葉が蘇る。

「黒服のサービスなんて恭しくて、お嬢様にでもなった気分。ナンパ目的の頭の軽い男にちやほやされてイイ気になったり、全くおめでたいでしょう？　でもなにより踊ってるとき、スパークするのよ。これが本当の私。すごいでしょって。ハマるほど衣装も踊りも過激になって、現実がどこにあるのかわからなくなってね。自分を大事にできなくて痛い目にも遭ったし、身体も壊したわ。朝起きられなくて、仕事をサボったりね」

含み笑いをされて、私は顔から火が出る思いだった。

「ごめんなさい、突然大昔のこと。ただね、ジュリアナとジムは全く別物だけど、そこに向かっていく気持ちに通じるものを感じたの。あの頃私が感じていた虚しさと、今の守口さんが抱えているもの……もしかしたら近いものがあるのかもしれないって」

飯尾さんは言葉を切って、安っぽい扇子を撫でた。

「ジュリアナに明け暮れていた日々を振り返ると、狂気の沙汰だわ。でも私には、その時間が必要だったの。また戻りたいかと聞かれたら、答えはＮＯだけど。守口さんもきっと、運動に打ち込む必要があったのよね。でも今は、少し休むべき。なぜそれが必要だったのか、本当にそこまでするべきなのか、ゆっくり考えてみて」

私も扇子に手を伸ばした。かつて飯尾さんが、生き抜くために必要とした武器。ふわふわで、なんて頼りない……

唇を噛みしめた。言葉にならない熱い感情が込み上げてきて、両手をギュッと握りしめる。

「ああッ⁉」

唐突に金切り声を上げてしまい、飯尾さんがのけぞった。

「指輪が、ない――」

いつも薬指でくるくる回っていた婚約指輪がなかった。私はパニック寸前で、青ざめて立ち上がる。飯尾さんも飛び上がった。

「大変！　どこで落としたのかしら」

「家……たぶん家にあると思います」

寝返りを打つうちに指から抜けて、ベッドに転がっていたことも過去にある。でももし、指輪を失くしてしまったら……

泣きそうになる私の肩を、飯尾さんは抱いてくれた。

「大丈夫、きっと見つかるから。今日は帰りなさい。週末ゆっくり休んで、また元気な顔を見せてね」

わざわざ駅まで送ってくれて、私は何度も頭を下げた。改札を抜けて振り返ると、なんとあのピンクのジュリ扇をひらひら振っている。そこだけお祭り騒ぎみたいで、周囲は飯尾さんを苦笑まじりに眺めていたけれど、本人はちっとも気にしていない笑顔で私にエールを送ってくれた。

私は飯尾さんのことを何も知らなかった。偏見で「こんな人」って決めつけて、好意も素直に受け取れなかった。でもそうやって一方的に決めつけられるのを、私自身が一番嫌っていたはずなのに。

いつのまに心まで痩せ細ってしまったんだろう。


大捜索の後、ついにソファの下に転がっている指輪を見つけた。へたりこんだまま息を吹きかけて埃を払い、左手薬指の定位置に戻す。だけど指輪はカタカタ動いて、居心地が悪そうだ。

迷子になったような心細さに部屋を見渡すと、広く明るく感じられた。恭平が片付けてくれたおかげだ……私の混沌とした頭の中にまで風が吹き込んできて、息が楽になっていく。でも身体の力は戻らない。一度座ってしまうと、立ち上がるのがひどく苦痛だった。

――これじゃランニングもできないな。あんな無様な格好をさらして、もうジムにも行けない。

罪悪感。でもそれ以上の、大きな解放感。運動できそうにないことに、安堵している自分がいる。

運動を始めた頃は、毎日歯を食いしばりながらサボりたくなる気持ちと必死に闘ってきた。でも身体が変わっていくのを実感してからは楽しみになり、日常の一部になり、やがて信仰になった。絶対的価値が高まるほど、弾んでいた心はしぼんでいく。義務感で息が詰まりそう。「止まってはダメ」――十ヵ月前、運動が辛かったのとは全然別の辛さ。過激になっていく終わりのない孤独な闘い。早く運動を終わらせて楽になりたいと願いながら、壊れそうな身体を騙し騙し、冷たい汗を流していた。

――だけどもう、運動しなくていいんだ。

昨日の朝からシャワーを浴びていなかったことを思い出し、緩慢な動作で服を脱ぐ。鏡に映った裸体をまじまじと見つめると、自分の身体なのに初めて発見したような驚きがあった。

「痩せてる……」

あばらが浮き、腰骨は飛び出て、打った部分が青黒くなっていた。頰の肉が落ち、顎は尖り、猜疑心に揺れるギョロついた目が表情を険しくしている。おかしい。私の脂肪は全て筋肉になって、格好いいスリムな身体になるはずだったのに。私は私の身体を確かめようと、お腹に手を置いてみる。ぺたんこの空っぽだ。

「恭平……ッ」

素っ裸でユニットバスから転がり出ると、携帯を引っ掴んだ。メールを打とうとして、未読のメッセージに気付く。

――そうだ、この前の試着の写真を送ってくれたんだっけ……

ウエディングドレス姿の私は、勝ち誇ったように胸を張っている。でも目立つのは、浮き上がった鎖骨。髪の毛をアップにした後ろ姿は、頸椎から背骨にかけてぽこぽこ骨が浮いていて、色気も何もない。斜め前から撮ってくれた写真では、ひどく薄っぺらな身体が際立つ。なにより、顔の憔悴ぶり――神経質そうな作り笑いを張りつけていても、目が虚ろだ。病人みたい。

「芙美香は今とこの前、どっちの自分が好き？」

恭平のメッセージに、試されている気がした。

私は初めてドレスを試着した日の写真を探す。見返したくはなかったけれど、運動をサボりたくなったときの自分への戒めとして消さないでおいた。そしてすっかり忘れていた。

「すごいデブ……」

私は十ヵ月前の自分に衝撃を受けた。

「でも、すごく幸せそう」

きちきちのドレスが恥ずかしくて真っ赤になっているけれど、それ以上に幸せオーラが溢れ出ている。ふざける恭平に怒った顔をしてみせた写真も、口元の笑みは隠し切れていない。

私は恭平と結婚できることが、夫婦になれることが、嬉しくて仕方なかったんだ。

「以前のほうがいいとは決して思わないけど、今の私はギスギスしてる。どこかで間違って」

私は返信を打ちかけて、携帯から顔を上げた。猛烈に空腹を感じていた。

冷蔵庫に昨日のプロテインが入っていた。恭平が片付けてくれたらしい。私はそれを捨てながら、台所を占拠しているプロテインの山を眺める。多種多様さは店を開けそうなほどだ。

金曜の今日は、キャラメルソルト。私の一番好きなフレーバー。香ばしい甘じょっぱさと独特のツンとした後味が、ありありと舌に蘇る。

——私は確かに、朝のランニングとプロテインを愛していた。

涙が出そうなほど、切実に自覚した。身体を動かす喜びを知り、人生が豊かになった。その事実まで否定したくない。

——私は、バナナパフェが食べたいのかな。

食べたい、と思う。でも月に一回で充分。

恭平は「よく食べる私」じゃなきゃ駄目なんだろうか。毎週「おいしいお店探し」ができなきゃ退屈だろうか。

私がかつての生活スタイルに戻れば、きっと喜んでくれる。二人でだらだら仲良く暮らしていける。だけど、それでいいの？

婚約指輪を外して高々とかざすと、小さなダイヤモンドが永遠と呼ばれる煌めきを発した。目元に近づけ、刻印を覗きこむ。「with」。with「You」なのか「Love」なのか、中途半端な「with」のメッセージがいかにも恭平らしくて、愛おしくて、胸が熱くなったものだ。

恭平と一緒に、楽しく食卓を囲みたい。

恭平と一緒に、汗を流すデートもしたい。

お互いに一歩ずつ歩み寄ることは、そんなにも難しい話なんだろうか。

お腹の虫がのどかに鳴り響き、声を出さずに笑った。指輪を嵌め直したときには、心の中は台風一過のように澄んでいた。

鈴木さんのこだわり

「佐藤《さとう》さん、お姉さんを名乗る隈優子《くまゆうこ》さんという方からお電話がありました。急用らしいですが……本当にお姉さんですか？」

　営業の外回りから帰ってくると、事務スタッフから不安そうに電話番号をメモした付箋を渡された。去年、ストーカー化した女の子に会社まで押しかけられてからというもの「佐藤善太《ぜんた》にかかってくる女性からの外線は要注意」という忸怩《じくじ》たる社内ルールができてしまっていた。

「ありがとう、たぶん本物。新しい携帯番号、伝えるの忘れててさ。驚かせちゃってごめんね」

　俺は爽やかな笑みを浮かべてみせたが、心中穏やかではない。営業カバンをデスクに置くと、ダウンジャケットは着たまま再び社外に出て、プライベートの携帯からかけ直した。それでも自然と口元を隠し、声を低くしてしまう。

「姉貴？　俺。善太。なんだよ突然」

「なんだよって、いきなりそれ？　元気にしてるの？　これがあんたの携帯なのね。連絡しようとする度に番号が変わってるんじゃ困るじゃない。ちゃんと報告してきなさいよ」

　久々に聞く姉の声は、相変わらずツンケンしていて、呆れた響きが伴っていた。

　両親とは大喧嘩をして、十年前に縁を切った。家を飛び出してからというもの、姉には経済的援助を頼んだこともあったが、住まいや職を転々とするなかで疎遠になっていった。ホストの副業をしていたとき、お客にプライベートの番号を渡してしまい、いろいろ面倒くさいことになって携帯も変えたし、八度目の引越しもした。

今の新しい番号も住所もごく少数の人間にしか伝えておらず、もちろん姉にも連絡していなかった。

「ちょっといろいろあってさ。でも今は問題ないよ。で？」

「『で』？　お父さんが亡くなって以来だから、一年半ぶりの電話だってのに、もっと他に言うことないわけ」

「葬式に行かなくて悪かったな。でも香典届いたろ」

一昨年の秋も俺の携帯が繋がらず、姉は今の勤め先である美容機器販売会社に電話してきて淡々とこう言った。

「お父さん、亡くなったよ。交通事故で……遺産はないけど、相手の過失で保険金が相当出るみたい。全部お母さんに渡してあげたいと思ってる」——俺は父の訃報を受けた瞬間に感じた、霧が晴れていくような清々しさと、ほんの一筋の哀しさを思い出す。

「金持ちの車に轢かれて死んでくれて、あの飲んだくれのろくでなしも最後にようやく役立ったよな」

「そりゃ最低な父親だったけど、死んだ人を悪く言うんじゃないよ」

「だから感謝してるんじゃないか。母さんは老後の金の心配しないですむし……そうだ、母さんはどうしてる？」

「そう、そのお母さんのことで相談があって電話したのよ」

姉の大げさなため息が聞こえた。

「突然お金持ちになって、金銭感覚おかしくなっちゃったみたい。最近、異様に買い物してるの。何度止めろって言っても、そのときは頷くんだけど結局買い続けてて。特に、使いもしない高級化粧品を山ほどね」

「化粧品？」

素っ頓狂な声を出してしまった。母といえば昔から化粧っ気がなく、朝から晩まで青白い顔で働き続けていた。それに引き換え父は酒焼けで真っ赤な顔をして、平日だろうが昼から怠けていたものだ。

「いいじゃないか、それくらい。母さんは苦労も多かったんだから。自分の金で買い物を楽しんで、誰にも迷惑かけてないんなら放っといてやれよ」

ビルのガラス壁に映った自分の顔が不快そうに歪んでいることに気付き、慌てて口角を上げ、二重の目もカッと開く。顔の筋肉は意識的に使って伸ばさないと、後々たるみや皺になるのだ。

「それだけじゃないのよ。一人暮らしになって刺激がなくなったせいか、ボケ始めてるみたいなの。まだ七十歳なのに。押し売りとか振り込め詐欺とか、簡単に言いくるめられてホイホイ払っちゃいそう。保険金使い切るのだって、このままじゃ時間の問題よ。でも私は夫の転勤で地方暮らしになるから、そうそう様子を見に行けないし」

しっかり者の姉が、頭を抱えている様が目に浮かぶ。切迫した声で迫られると、さすがに心配になってきた。

「ヘルパーさんとか頼めば？　週一くらいで様子見てもらってさ」

「ヘルパーさんだぁ？　あんたがいるでしょ」

「なんで俺⁉」

「息子でしょ！　お父さんの葬式も死後の手続きも、全部私がやったのよ。お母さんの顔を見に行くくらいできるでしょうが。善太が今どこに住んでるか知らないけど、会社から実家まで一時間もかからないのはわかってるんだからね」

　俺は再び苦虫を嚙み潰したような顔になっていた。ビルに映る自分に向けて引きつった薄笑いを浮かべる。

「でも母さんが、俺のこと絶対許さないだろ」

　母さんに会いたくないんじゃない。むしろ逆だ。でも十年前に大泣きされて「出て行きなさい。二度と戻るな」と勘当された手前、のこのこ家に戻るなんて許されない気がしていた。

「大丈夫、もう時効よ。お母さん、最近は過去の記憶に生きてるのか、あんたのこと嬉しそうに話すの。会いたがってる。仲直りするいい機会じゃない。行ってあげてよ、お願い」

　閉口した。黙っていると、今度は俺の近況について根掘り葉掘り聞き出そうとしてきたので、仕事を口実にして強制的に切る。姉は話が長い。

　三月とはいえ身を震わせるようなビル風が吹き、ダウンの前をかきあわせる。母の買い物狂いはさておき「ボケ始めてる」という言葉が鉛のように胸にずっしりきていた。

――仲直り、ねぇ……

二の足を踏んでしまう自分に、両手で勢いよく頬を叩いて活を入れる。パシッと音を立てた頬の張りに軽く感動してしまった。我が社の誇るスチームイオン美顔器を使うようになってから、すこぶる肌の調子が良い。

「しかしあの母さんが、化粧品とはね」

誰にともなく呟きながら、社内に戻った。


よく晴れた週末。下ろしたてのスプリングコートをまとい、十年ぶりの実家を前にして、俺の心は奇妙に震えた。それを感動などという安易な言葉にはしたくない。ただ、ああ、と思った。

玄関脇に置いていたボロ車がなくなって、植木鉢の種類が変わっている以外、特に変化がないように感じる。「佐藤」のネームプレートは、記憶よりわずかに小さいか。その下の呼び鈴を鳴らすのに、人差し指を突き出したまたっぷり三分は躊躇した。

ティンゴーン、という平和な明るい音。緊張が高まる。

「……はい？」

インターホンから懐かしい母のくぐもった声が聞こえたが、しわがれた力ない老人のそれであることに胸を衝かれた。

「あ、俺」

つい詐欺師みたいなことを言ってしまった。しかも母はそれで了承したのか「ハイ」と切ってしまった。危ない。こんなことでは姉の言った通り、簡単にカモにされてしまうだろう。

玄関の扉が薄く開かれ、記憶よりだいぶ小さい母が、疑り深そうに底光りする眼で俺を睨み上げた。

——背中が丸くなったな……

想像していた以上に老け込んだ母にショックを受けたが、華やかな牡丹色のセーターを着ていることには驚かされた。母の普段着といえば、毛玉だらけになった灰色のセーターや汚れたエプロンだった。こんなに明るい色を身に着けていたことがあっただろうか。

しょぼついた口元には、どぎつい赤い口紅。白塗りすぎる顔に浮いてしまっているが、俺は熱いものが込み上げてきて言葉を失った。日々暮らしに追われていて、身なりなど二の次だった母が、この歳になって「美しさ」を意識しているとは……

「どちらさま？」

しかしその冷ややかな一言に、フリーズする。母は玄関の隙間をますます狭くしていく。警戒態勢は通常であれば大切なことだが、つまり俺は「知らない人」と認識されたわけだ。

「あなたの息子だよ！」——そう叫んで、簡単に壊れてしまいそうな薄い肩を揺さぶりたくなるが、ぐッと我慢する。ここで取り乱してはいけない。俺は最大限に優しいほほ笑みを心がけた。

「善太の友達です。ちょうど近くまで来たもので」

言いようのない切なさを覚えながらも、縁を切られた息子であるとバレずに済んで、どこか安堵していた。覚悟を決めて戻ってきたものの、本当はまた言い争いになり、泣かれたり責められたりしたらどうしようかと怖かったのだ。

「あぁ！　野球部のお友達ね？」

母はパッと顔を輝かせた。「どうぞお上がりください」と、先ほどまでとは別人のような親しみを込めた笑顔になる。いそいそと来客用のスリッパを揃えて並べてくれて、胸が痛んだ。自分たち家族はスリッパを履く習慣なんてなかったが、周囲への気配りを忘れない人だった。

急に機敏になった母に付き従い、居間に入る。姉の事前情報から、買い漁った物でゴミ屋敷化しているのではと懸念していたが、ちゃんと片付けをしているらしくて拍子抜けした。居間の中央に鎮座していた巨大なこたつと座椅子が、簡素な机と椅子に取って代わられ、むしろ昔よりもスッキリした印象だ。

俺が手土産を渡すと、母はこちらが恐縮するほど喜んだ。

「あらァ、ここのどら焼き大好きなの。わざわざすみませんね。善太はちょっと留守にしてるんですが、どうぞお座りください」

俺はにこやかをキープしながら、少し泣きそうになる。

「野球部の練習は大変だったでしょう。休みの日なんて全然なくて。毎日毎日泥だらけになるから、洗濯する方も大変だったわ」

母はお茶を入れながらも、おしゃべりを止めなかった。俺が高校時代まで青春をささげた野球部の思い出話を、次から次へと嬉しそうに語り続ける。

「でもあの子は野球をするには優しすぎたね。闘争心がないというか、控えめすぎた。恥ずかしがり屋で、かわいい子だった」

差し向かいでしみじみそう言われると、俺は居心地が悪い。

「すみません、お手洗いをお借りできますか」

廊下を出て右の……母が丁寧にトイレの場所を教えてくれることに罪悪感を覚えつつ、席を立った。

――他の部屋も確認してみないと。

こっそりと引き戸を開け、八畳の部屋を覗いてみる。母の寝ているはずの部屋で、煎餅布団が片隅に追いやられるように畳まれていた。布団をしまっていたはずの押し入れは開けっ放し。ブランドの紙袋やら箱やらがぎっしり突っ込まれていて、そこから更に雪崩《なだ》れ出ている。それとは別に、床積みされた真新しいバッグや洋服。三面鏡に積み重なる化粧品……あまりの物量に圧倒される。

――こんなところで寝ていたら、いつ躓《つまず》いて転んでもおかしくない。それに地震がきたとき危ないじゃないか。

薄ら寒くなりながら、今度は洗面所を調査する。棚という棚は化粧品で埋まっていた。洗面台の引き出しを開けると、顔パックや香水、その他よくわからないグッズが未開封で層になっている。

姉が困惑するのも、ようやく実感として理解できた。俺は無自覚のうちに強張らせていた顔の筋肉をほぐすと、尻ポケットからハンカチを取り出し、手を拭きながら居間に戻った。

「洗面所もお借りしちゃいました。たくさん化粧品があるんですね。僕も美容関係の仕事をしているので興味があって」

営業で培った柔らかな物腰と巧みなトーク術で、さりげなく聞き出していく作戦に出る。

「善太のお姉さんの物ですか？　それとも全部……芳江《よしえ》さんの？」

母さん、と言いたくなるのを堪えた。しかし母を名前で呼ぶなんて初めてで、変な感じだ。違和感はなかっただろうか。

「ああ、あれ？　全部私の。使ってないのもいっぱいあるんだけど」

「そうですか、驚いたなぁ。化粧品がお好きなんですね」

「そうねぇ……好きというのか、なんというのか……」

母の顔が曖昧に曇り、まさかの事態を想像してヒヤリとする。

「もしかして、誰かに無理やり勧められて？」

「そんなことないわ、私が欲しくて買ったの。それにお化粧してもらって何も買わないわけにはいかないでしょ。まぁちょっと買いすぎかもしれないわね、気を付けようとは思っているんだけど」

要領を得ない話に苛つくが、真顔で深く頷いてやる。ボケかけている母ではなく、芳江さんという名のお年寄りのお客さんだと思えば、意外に冷静になれるものだ。

「デパートでお買い物されているんですね？　プロの美容部員さんに上手にお化粧してもらえると、嬉しいですよね」

「そうなの！　顔にポンポンってなにか塗ってくれたかと思うと、刷毛みたいのでササーッとしてくれて。こんなおばあさんでも綺麗にしてくれるのよ、魔法みたいに」

うっとりと語る母の顔には、化粧を覚えたての女の子のような純粋な喜びが浮かんでいる。

「それにしても、ちらっと拝見しただけでも、シャネルにディオール、資生堂、ゲランにランコム……他にもたくさんのお店で買われているんですね」

「皆さん親切にしてくださるから、今日はここ、今度はこっちって、ご挨拶させてもらってね。お店にいる子たちは若くて綺麗で、おしゃべりも楽しくって、話すだけで元気をもらえるみたい。お手紙をくれたりもするのよ。とってもいい子たちでしょ？」

そりゃ仕事だから——俺は眩暈を覚える。

母はデパートで買い物をするような人じゃなかった。そんな余裕もなかった。でもお金と時間ができて、勇気を振り絞って訪れたのだろう。そして一階の化粧品売り場で早速美容部員に捕まり、優しくされて舞い上がってしまったことは容易に想像がつく。

だけど、それを責めることができるか？　娘より若い美容部員と談笑しながら、胸をときめかせて化粧をしてもらう母の姿が目に浮かび、俺は嬉しいような寂しいような複雑な気持ちになる。

「だけど通販の化粧品や、ドラッグストアなんかで気軽に買えるものまで揃えてらっしゃいますよね。美容グッズも全部が全部、必要ですか？」

デパートは趣味らしいとわかったので、一旦置いておく。優先順位の低い物から、ひとつずつ切り捨てさせていこう。

「そうなのよねぇ、でも化粧品ってものをちゃんと使ったことがなかったから、一通り買ってみたほうがいいような気がして。全部買ってみないと気がすまないというのかしら……」

母は自分でも頭を捻りながら、必死に悩んでいる。

「使わないとしても、気になり出すと欲しくなるってこと、あるでしょう？」

本人も無意味とわかっていて買っているらしい。これは要注意だ。俺は咳ばらいをすると、もったいぶって両手を机の上で組み、前かがみになって母の顔を覗き込んだ。とっておきの誠実そうな顔を作り、慇懃《いんぎん》に切り出す。

「そのお気持ち、よぉくわかります。ですがこれ以上買い足す必要はないでしょう。次のステップに移られるべきです」

母は俺の言葉に目を丸くして、きょどきょどしている。

「いいですか、僕は美容のエキスパートです。たくさんの化粧品を使えばいいというものじゃないんです。自分に合うものを選ぶ。これに尽きます。そのためには、きっと誰かに相談できたりすると心強いですよね？」

　小刻みに頷く母に、俺はほほ笑んで見せた。

「それじゃ通販の定期購入は解約しましょう。化粧品はデパートで買うと決めて、それ以外のスーパーやドラッグストアでは化粧品売り場に近づかないこと。ね、簡単でしょ。まずはここからスタートしましょう」

　母は矛盾した返答をしつつも、安心したような笑顔になり、

「そうね。買ってしまうから、どんどん増えて困ってたの」

「デパートで綺麗にしてもらった後、お洋服を見たりするのも楽しみなの。でもこれも買いすぎちゃうから、気を付けるわ」

　と、自ら宣言してくれた。

　案外物分かりよく、すんなり話を聞いてくれたことは喜ばしいが、いつまでこの約束を覚えているかわかったものではない……やはりちょくちょく様子を見に来た方が良さそうだ。

――俺を「善太の友達」と信じ込んでいるなら気楽だしな。

　弱気な自分に呆れつつ、母に鎌をかけてみたくなった。

「そういえば、善太は今どうしてるんですか？」

　何気なく軽い調子で振ったつもりだったが、母の弾んだ表情は瞬時に掻き消えた。みるみる険しい顔つきになり口を引き結ぶと、むっつり黙り込んでしまった。

失敗した。俺は母のこの頑なな顔を知っている。父が暴れるとこうなったし、俺と決別したときもこうなった。これが母なりの自衛なのだろう。傷つけられないよう、自分の内なる殻に籠って嫌な出来事をやりすごす――カタツムリのような人なのだ。

「彼の部屋を見てもいいですか？」

俺は重苦しくなったムードを変えようと、無邪気に聞いてみた。すると母は機嫌を直したように立ち上がり、二階に案内してくれた。最近取り付けたのだろうか、新しい手すりに掴まりながらゆっくり階段を登る母の後ろ姿に、年月の残酷さを感じてしまう。

だが俺の部屋といえば、まるで時が止まっていた。十年前に出て行ったあの日のまま、一切変わっていないことに目を疑う。

「ご自由にご覧になって」

母に言われるまでもなく、俺は吸い込まれるように足を踏み入れた。不思議な浮遊感。二十五歳に戻ったみたいだ。

机の上のダサいマグカップに思わずニヤける。修学旅行で買ったもので、最初からペン立てに使っていた。カッコよくしようとステッカーを貼ったら微妙なことになったデスクライトは、今でもちゃんと電気が点いた。角度を変えてみて、笠に埃が積もっていないことに気付く。母がこまめに掃除してくれているのだろう。

本棚には、小中高それぞれの野球部で撮った集合写真。俺は常に一番後ろの列の端っこで、自信なさげな卑屈な笑みを浮かべている。野球は大好きだったが、レギュラーになれたことはなかった。真っ黒に日焼けした、ニキビやニキビ跡だらけの顔に極太眉がなんとも芋くさくて痛々しい。見るに堪えない。日焼けにも気を付けて、肌の手入れも欠かさない現在から振り返ると、当時の野蛮さは到底信じがたい。が、胸を締め付けられるほど懐かしいのだから、過去とは厄介なものだ。

――過去は捨てた。昔の俺は、もういないんだ……

その本棚から、揃えていた少年マンガを引き抜く。黄色く褪せたページをめくっていると、つい引き込まれた。ベッドに腰かけて読み始め、いつのまにか没頭していた。

どれくらい時間が経ったのか。ノックの音に顔を上げると、母がお盆にお茶を載せて持ってきてくれたところだった。

「冷めないうちにどうぞ。お友達の――何さんでしたっけ？」

俺は咄嗟に読みかけのマンガに出てきた「美しい魔闘家」の名前を名乗った。

「鈴木《すずき》、です」

佐藤でも鈴木でも似たようなものだろう。なんて言うと全国の佐藤さんと鈴木さんに申し訳ないが、クラスに二人ずつはいた苗字で、俺はいつも「ダサいほうの佐藤」と見なされ悔しかった。

「すみません、のんびりしちゃって」

慌ててマンガを戻すと、母は目を細めてかぶりをふった。

「ゆっくりしていって。鈴木さんのお時間があれば、夕飯も召し上がっていきません？　独りで食べるのは味気なくてねぇ。それに世話の焼ける亭主がコロッと逝ってからというもの、時間をどう使っていいか持て余してるのよ」

「それじゃあ、お言葉に甘えさせてもらおうかな……そのお礼にもなりませんが、片付けとか手伝います」

　俺は今日のうちに、母の寝室だけでも安全に歩けるようにしておきたかった。濃い煎茶を一気に飲み干し、立ち上がる。先に階段を降りながら、母が転げ落ちやしないかと気が気ではなかった。


「いいんですか、こんな高価なもの！」

　週明け、会社に未使用のブランド化粧品をごっそり持っていくと、女性スタッフたちが群がってきた。職業柄、サンプルでもらえるミニサイズの化粧品を心待ちにしている社員も多いらしいが、ハイブランドはなかなかお目にかかれない。

「母が知らない間に買い込んでてね。でも使わないから必要な人にもらってほしいって」

「すごい太っ腹！　ありがとうございますぅ！」

　ほとんど争奪戦になっている。こんなに大喜びでもらわれていけば、母も化粧品も本望だろう。

「だけどこれだけの人気ブランド、ネット販売とかしたら、けっこう儲かるんじゃないですか？」

「手間を考えただけでもめんどくさくて。それに、こんなもんじゃないんだ。押し入れギッシリあってさ。でももっと出てきそうで怖いよ。もしかして、化粧品依存症っていうのかな」

「それって、いつも化粧してないと不安ってやつですか？　私も休みの日とか、一歩も外に出ないってわかってるのに、朝からフルメイクしてないと落ち着かないんです」

いつも立体的なメイクで決めている二十代スタッフが、真剣な調子で詰め寄ってきたので焦ってしまった。

「いや、母の場合は、単に化粧品を見ると買いたくなっちゃうみたいで」

「じゃあむしろ、買い物依存症じゃない？　私も毎月カードの上限いっぱい買っちゃうんだよね。貯金できないし、いつか借金作りそうで怖くて……やっぱりカード手放したほうがいいかなぁ」

ライン使いする気らしく、同じブランドの化粧品を鷲摑みにしている同世代のスタッフは、沼底のように暗い目でそう呟いて俺を震撼させた。

「私はスマホ手放せなくて、暇があるとゲームしちゃう。雨の日とかヤバい」

「わかる。後から一日無駄にしたなぁって自己嫌悪になるんだよね」

もう俺のことなどそっちのけで「実は私も」とおしゃべりを始めた女性たちの生々しい話は、けっこうエグい。俺は苦笑しつつ頷くしかできないが、少しだけ気が楽になったのも事実だ。

——誰だって、なにかしら依存するものはあるんだよな。

俺にもその感覚はわかる。それに母が「美しさ」を意識し出したのは、やっと自分自身に目が向いたと肯定的に捉えていいんじゃないだろうか。高額とはいえ、宝石の比じゃない。化粧品にハマるくらい、どうってことないのかもしれない。

「お母さん、善太の友達が遊びに来てくれたって言ってるよ。どういうこと?」

アパートに帰宅して一人で夕食を取っていると、姉から喧嘩腰のメールがきた。話をするのが億劫で、度重なる着信にも折り返さずにいたのだった。

母は確かにボケかけてはいるが元気そうだったこと、今後も顔を出すから心配するなということ、この二点を既にメールで報告しておいたので、他に話すことなどないと思っていたが言葉足らずだったようだ。

「俺のことわからないみたいだったから、また喧嘩になってもよくないし、善太の友達の『鈴木』ってことにした。これから母さんが『鈴木』の話したら、俺のことだから気にしないで」

そう返信すると、すぐさま電話がかかってきてうんざりする。用事があるならメールでいいだろうに、なんでいちいち話したがるんだ。俺は姉に頼まれたことはきちんとやっている。今週末だって母の様子を見に行くつもりでいる。それで充分だろうが。

俺は姉の着信を無視して食事を終えると、歯を磨いた。鏡に向かって歯を剥き出し、今日も綺麗に整列していることに満足する。ガタガタだった歯並びを矯正するのに二年以上かかった。金具は唇の裏を絶えず傷つけ、口内炎に悩まされ続けた。あまりの痛みに途中で投げ出しそうにもなったが、地獄を耐え抜いて器具が外れたときの解放感ときたら！　そして見よ、この口元の美しさ‼　なぜもっと早く矯正しなかったのかと悔やまれたほどだ。美的観点だけでなく、歯磨きもずっと楽になり虫歯も減った。おかげで歯医者に行く代わりにホワイトニングに通えている。口内中にジェルを塗りたくられ青い光を照射してもらうと、身体は機械で、歯という一部品を改良されている感覚が起きる。より美しく完璧なアップデート。薄皮を剝くように歯のトーンが白く明るくなっていく度、思考までクリアになり清々しさが胸を満たす。自然と笑顔も増えるというものだ。

――ちょっと黄ばみが目立ってきたかな。また予約しないと。

　ベッドに入って改めて携帯を確認すると、姉からあの後も何度も着信が入っており、最終的に恐るべき長文が送りつけられていた。

「なんで他人のフリして会いに行くの？　お母さんと向き合うのが怖いだけでしょ。善太が謝ればきっと許してくれるから、逃げずに話し合いなさい。昔、自分に自信がほしいって言ってたけど、あれから変わったんでしょ？　自信を」

　お節介な文面に耐え切れなくなり、途中で投げ出す。なぜ俺が、謝る必要がある？　悪いことをした覚えはない。

それからというもの、俺は週末ごとに善太の友達「鈴木」になって実家を訪ねている。

「今日は洗面所を片付けましょうか」

「いま使っている化粧品と、これから使いそうなもの、もう使わないものを分けてみましょう」

「ずいぶん暖かくなりましたね。衣替えをして、この際古い洋服はリサイクルに出してみたらどうでしょう?」

まるで芳江さんの生活改善アドバイザー。だけどこの距離感は、悪くない。親身に寄り添いながら、どこか客観的になれる。家族だったら感情的にあれこれ言いたくなる場面でも「鈴木」という他人になりきることで、言葉も態度もコントロールできる。

母と一緒に手を動かして片付けていくうちに、果てしないカオスのようで気が滅入った買い物の山に、一定の傾向があることがわかってきた。洋服や小物はデザインよりも色を重視していて、深みのある赤系が好きらしい。母自身も似たような買い物があまりに多いことに気付いていて、反省している。

化粧品はありとあらゆる場所で買いまくっているが、そのなかでも二つのブランドが突出して多かった。さりげなく郵便物を確認すると、ＤＭにも親し気なメッセージが書き添えられている。

「いろんなお店に行きたくなるのもわかるんですが、いつも違う化粧品を使っていると、お肌もびっくりしちゃうんですね。これからはできるだけ、この二つのお店で買うようにしましょう」

買い物する店を絞り込み、購入ペースを落とさせる。これを次のステップに定めた。

少しずつ、しかし確実に母の買い物が減ってきていることが、俺は密かに誇らしかった。

それだけではない。顔を合わせる度に母が若返っていくのがわかる。目に光が宿り、声に張りが戻る。いじけていたような表情が、明るく朗らかになっていく。

母が真に必要としているのは買い物じゃない。誰かと共にすごす時間なのだ。俺がこうして訪ねてくることが、母の張り合いとなり、力を与えている。ボケ防止にも役立つだろう。

それがひしひしと伝わってくるから、来週も来てやらねば、と「鈴木」の役から逃れられなくなっていた。


「鈴木さんは本当に器用ですねぇ」

梅雨入り後、初めての土曜日。母にビューラーについてレクチャーしてやると、心底感心したような声を出された。

「そんなことないですよ。来週はコンシーラーや化粧下地を使ってみましょうか。せっかくこんなにあるんですから活用しないと」

母はありあまる高性能商品を使いこなせておらず、ファンデーションもすぐよれてムラになっていた。俺も化粧に詳しいわけではないが、最近は母に似合うシニア向けメイクも研究している。

「スキンケアはきちんと続けてますか？」

「えぇ、鈴木さんに言われてから気を付けてますよ。この前デパートに行ったときもね、化粧品じゃなくて美容液を買ってみたわ」

「いいですね。お肌のお手入れは基本ですから」

そのときチャイムが鳴った。週末の来客なんて初めてだ。

「あら。こんな雨の日に誰かしら」

「僕が出ましょう」

首を傾げる母を押しとどめ、俺はインターホンを受ける。押し売りだったら追い返さないと……そう意気込んだら宅配便だった。

「通販の解約は全部終わったんですよね？」

「だと思うんだけど」

頼りない母に不安を抱きつつ荷物を受け取りに行くと、感じの良い中年配達員が、小さな箱を差し出してくれた。

「佐藤芳江さま宛のお荷物です」

受け取りながら荷物の送り主を確認すると、やっぱり母自身だ。一体何を買ったのだと、つい眉をひそめると「息子さんですか？」といきなり聞かれて驚いてしまった。俺がよっぽど怪訝な顔をしたのか、配達員は慌てて「スミマセン」とぺこぺこする。

「私はこの地区の担当でして、佐藤さまにはよくご利用頂いているんですが、ご家族の方に初めてお会いしたなと……」

　そうか。通販など頻繁に届けているなら、母と顔見知りになるのは当たり前だ。むしろ俺のほうが不審者に思われているらしいと気付き、頬が火照る。室内を振り返り、母の姿がないことを確認すると「息子です」と小声で答えて、伝票にサインした。

「そうでしたか。いやぁ、よく自慢の野球部の息子さんの話を聞いていましたから、お目にかかれて光栄です」

　俺は恥ずかしくて、更に顔が赤くなるのを感じる。

「すみません、おしゃべりに付き合わせて。ちょっとボケてきてるみたいで、話してても辻褄の合わないこともあると思うんですが、その、今後ともよろしくお願いします」

　冷や汗をかきながらも、今後、母と配達員の間で「鈴木」と「息子」が食い違うことを見越して予防線を張っておく。

　そんな俺の小細工には気付きもせず、配達員はエラの張った厳つい顔いっぱいに笑った。

「そんなそんな。私も元野球部だったもので、なんだか嬉しくてね。しかしこんなモデルさんみたいな方だとは思ってもみませんでしたよ。私のアバタ面とはえらい違いだぁ」

　梅雨にあっても眩しいほどの快活な笑みを受け、いたたまれない気持ちになる。何度も頭を下げながら玄関の扉を閉めた。

「そうだった。この前デパートに行ったとき、食べ頃を土曜にって頼んだの。鈴木さんと一緒に食べようと思って」

母は箱を開けると「わぁきれい！」と両手を叩いて喜んだ。まるまるとした立派な深紅の無花果《いちじく》が、ひとつずつ大事そうに箱の窪みに収められていた。

大喜びで皿を出す母の横で、俺はリアクションに困った。無花果はむしろ父の好物で、母は父のために買っていた気がする。そして俺は、無花果を割ったときのグロテスクな見た目も、ねっとりした食感も、べたつく甘さも苦手だった。

「男性の一人暮らしだと、無花果なんて食べないでしょう？」

「最後に食べたのがいつかも思い出せないですね」

十年以上前に、この家で食べたはずだが……もはやこんな果物が存在していたこと自体、忘却の彼方だった。臓器の内壁のようなホラーな造形を見ないようにしながら、俺は四つ切りにされた無花果を口に放り込んだ。

「うまッ」

想像を裏切るふんわりとした食感。ジューシーでお菓子のような濃厚な甘さだが、口にねばつく後味の悪さはない。

「無花果ってあまり得意じゃなかったんですけど、やっぱり高級品は違いますね。ものすごく美味しいです」

母も顔をほころばせ、じっくり味わいながら付け足した。

「味覚が変わるってこともあるわよね」

「昔は嫌いだったセロリが好きになる、みたいなことですか」

「あら鈴木さんも？　善太も小さい頃はセロリが嫌いで、スープにちょっと入れただけでも器用に除《よ》けてたわ」

墓穴を掘ってしまった。「善太」の話が出ないように気を付けていたのに。俺は無心で無花果に食いつくふりをする。

母は気前よくどんどん切ってくれ、あっというまに半箱を平らげてしまった。

「もっと召し上がって。傷むのも早いから、早く食べきってしまわないとね」

「実は私もね、一人暮らしになってから無花果を食べてなかったなぁって思い出したの。自分一人のために買うほどでもないけど、誰かと一緒ならってこと、あるでしょう。だからこれから鈴木さんをダシにして、いろいろ美味しいもの買おうと思って」

母は冗談とも本気ともつかない顔で、幸せそうに語る。誰かのためではなく、自分のために好きなものを買ってくれと思ったが、その買いすぎを阻止するために俺はやってきているのだった。

「ごちそうさまでした」

うまい言葉が見つからなくて、残りの無花果をそっと冷蔵庫にしまう。母の目を盗んで冷蔵庫の中も時々チェックしているが、必ず切干やひじきといった煮物のタッパーが入っていて、慎ましい食生活は変わらないようだった。

「放出品、これで最後になりそうです。長らくご愛顧を頂き、ありがとうございました」

俺がおどけて母の化粧品ストックを会社のデスクに並べると、スタッフの女性たちが一斉に拍手をしてくれた。本音ではガッカリしている子もいるかもしれないけど。

「ご実家のお片付け、ご苦労様でした！　それでお母さんの買い物のほうはどうなの？」

「まだいらないもの買ってくることもあるけど、だいぶ治まったみたいだよ。そっちはどう？」

「カードは思い切って止めたんだけど、やっぱりないと辛いよ」

落ち込んでいる買い物依存気味のスタッフに、精一杯の応援の気持ちを込めて頷きかける。

「自分で気付けて行動できてるって、偉いよ。本当に依存症になると、買いすぎを否定するらしいじゃない。心配なら早めに専門家に相談したほうがいいけど、母も買い込んだ物を片付けるなかで自分がおかしいかもって自覚できて、少しずつ良くなった気がする。今も毎週、変な買い物してないかチェックは欠かせないけどね」

「毎週欠かさずっていうのがすごいですよねぇ。もう半年くらいですか？」

化粧品依存かもというスタッフに感嘆され、肩をすくめる。

「三月からだから、約五ヵ月かな。おかげで自分の時間がなくて、今じゃ俺の家のほうが放ったらかしで悲惨な状態だよ」

「そんなに忙しくちゃ、デートもなかなかできませんね」

「そうだね、相手がいなくて良かったよ」

俺が白い歯を光らせてほほ笑むと、女の子たちがおかしそうに笑った。

「うそぉ、モテるじゃないですか。ファンのお客さんも多いし」

「ミステリアスなのが思わせぶりなんですよねぇ」

「佐藤くん美意識高いから、相手の理想も高すぎるとか？」

「いやいや、隠してるだけで、本当は誰かいますよね」

――好き勝手言ってくれるよ。

女性社員だけでなく、男性社員にも噂されているのは知っている。他人を詮索するより自分を磨けと言ってやりたいが、もちろんそんな親切な忠告はしてやらない。俺は俺以外に興味がない。自分の目に映る自分、その自分を愛せるかどうかが全てだ。他人の目に映る自分など、瞬間的で不確かな印象でしかない。

「女性にはトラウマも多くてね」

俺はそんな虚像である自分の見せ方を心得ていて、唇の端だけ持ち上げてみせる。周囲から、あー……と納得したような間延び声が漏れ、一瞬静寂が訪れた。皆、ストーカー化した女の子のことを思い出したのだろう。

女性不信の節があるのは本当だ。かつてウブだった頃は、女性が怖くてまともに話せないくらいだったが、大学時代に出会った彼女のおかげで異性とのコミュニケーションの取り方を学んだ。そう、俺は彼女を心底愛していた。最初で最後の女《ひと》だと信じていた。結婚するつもりだった。それなのに――

「早いもの勝ちでどうぞ」

両手を広げて化粧品を示すと、女性たちはワッと食らいついた。わかりやすいというのは良いことだ。安心できる。それがたとえ醜くて、がっかりさせられる姿でも。

つまらない過去の恋愛に感傷的になりかけた自分をひっそりと嗤いながら、目の前で奪い合われていく化粧品を見守った。

珍しく会社帰りに実家に立ち寄ると、母は当然のごとく「お疲れさま」と手早く夕飯を作ってくれた。そうめんに大葉とミョウガがたっぷりと添えられていて、これが実家流だったなと頬が緩む。薬味は猫の額ほどの庭に植えてあり「摘んできて」と言われたら、またそうめんかと愚痴りたくなったものだ。当時は嫌いだった薬味を豪勢に麺つゆに加え、母と差し向かいでそうめんをすすっていると、数え切れないほどの思い出が蘇ってきて危ない。

「今週末から夏期休暇なんですが、久々に海外旅行にでも行こうかと思ってるんですよ」

少々強引ではあるが、早速今日の本題を切り出すことにした。

「いいわねぇ、海外旅行。どちらに？」

「近場で韓国あたりに」

「お友達と？」

「いえ、一人旅のほうが気楽ですから。有休も溜まってるし、せっかくなので二週間くらいのんびりしようかなと」

「そう、二週間……」

母は笑顔ではあったが、寂し気な影がよぎり後ろ髪を引かれる。だが韓国行きは数年来の夢だ。曲げるわけにはいかない。

「それだけ休むと仕事も溜まっちゃいそうで、もしかすると次にお邪魔できるのは九月になるかもしれません」

「たまには羽を伸ばしてゆっくりしなくちゃ。私のことは気にしないで、楽しんできて。いつも気にして頂いて、すみません」

頭を下げた母の後頭部の髪が薄くなっていることに気付き、動揺してしまった。おろおろと窓の外に目をやると、陽が落ちて暗くなってきた空に一番星が光っていた。


結局、次に母の元を訪れたのは一ヵ月近く経ってからだった。帰国してからも体調が落ち着かず、顔を出す気になれなかったのだ。

母のことは心配だったが、俺が出発してすぐのお盆休みに姉夫婦が帰省したらしく、メールを送ってきた。

「家が見違えるほど綺麗になってた！　お母さんも元気そう。見た目も若返ってて驚いたよ。『鈴木さん』に感謝しなくちゃね」

俺が実家通いを始めて一、二ヵ月は、メールや留守電で「母さんと話し合え」とうるさく言い続けてきた姉も、俺が聞く耳を持たないとわかって諦めてくれた。最終的に「善太」だろうが「鈴木」だろうが、成果さえ出せば文句もないというわけだ。

韓国土産を提げて実家に着いたとき、ちょうど宅配便のトラックが去っていくところで、おや、と思った。嫌な予感がする。

「あらあらどうも、お久しぶり。えーと、善太のお友達の……」

「鈴木です。お元気でしたか？」

俺は努めて明るい口調で呼びかけたものの、身の毛がよだった。母の口紅は毒々しく、ニッと笑うと歯にも血のようにこびり付いている。以前の適当な厚塗り化粧に逆戻りしていた。

居間に一歩足を踏み入れて、愕然とする。旅館に置いてあるような巨大な黒い革張りのマッサージチェアが異様な存在感を放っていた。その横にも同じくらいのサイズの箱。これが今、届いたものだろうか……ラベルを確認すると、これまたマッサージチェアだ。

胸がざわついて寝室を覗くと、整理整頓したはずの押し入れは再び物で溢れ、開封もしていない商品のなかに敷きっぱなしの布団が埋もれていた。

「なんでだよ！　約束しただろう、何回言わせるんだ！」

俺は虚しさと怒りで頭に血がのぼり、母を睨みつけた。口がうまく開かなくて、もたついた声になる。

「せっかく一緒にがんばったんじゃないか。またやり直しかよ！　俺への当てつけか⁉」

母は岩になった。ふてくされて口を閉ざす。あの意固地な顔になり、自分の殻に逃げ込んでしまう。上唇を突き出してちんまり固まっている年老いた母があまりにふてぶてしく、醜悪でさえあることに、俺は逆上しかけた。ぶっ飛ばしてやりたくなるが、奥歯を嚙みしめて必死に抑える。

——殴ったら、あの腐れオヤジと同じになってしまう……

俺は歯の隙間から憤怒の息を漏らしながら、固く握った拳を震わせていた。目も合わせない人間を睨み続けても意味がない。母を叱ったところで解決しないのだ。

乱暴に寝室に踏み入ると、片っ端から買った物を確認していく。クーリングオフできるものはすぐにでも手続きをしよう。デパートで購入したものは、未使用であれば返品できるかもしれない。

「明日、一緒にデパートに行きましょう。できる限りレシートを探してもらえますか」

抑えた声で淡々と発すると、縮こまっていた母が視界の端で頷いたのがわかった。ヘマをしたという意識はあるのか、わかりやすくしょぼくれている。

——この際、俺から化粧品売り場の担当に、あまり売りつけないようにと根回ししておいたほうがいいな。

通販、デパート、その他で買い物の山を分け、届いたばかりのマッサージチェアはすぐさま返品手続きをした。しかし居間に設置済みの方は使われた形跡があるうえ、返品可能期間を過ぎてしまっていて絶望的だ。ネットで商品を調べてみると、二十万近くすることがわかり、深々とため息をついてしまう。

「使ってみる？　気持ちいいわよ」

俺ががっくりと肩を落としていると、母は懸命に勧めてきた。こうなったらたくさん使って元を取るしかない。半ば投げやりに身体を預け「全身もみもみコース」を選択すると、ウィーンという物々しい音を立てて、ローラーやらなにやらが忙しなく動き始めた。意外にも本格的なマッサージだ。

「なかなか効くでしょう？」

自慢げに尋ねられると反発心が起こるが、母の買い物が全くの無駄ではなかったらしいと信じられると、張りつめていた気持ちも徐々にほぐれていく。

「鈴木さん、風邪気味？　なんだか顔が腫れぼったいような」

「疲れですかね。でも元気ですよ」

母に心配されてしまい、俺はようやく笑顔を作った。

「そうだ、お土産。そこの紙袋です」

韓国といえばコスメが土産の定番だが、これ以上増やしても仕方ないので、韓国のりとルームソックスを買ってきた。

「かわいい靴下ねぇ。すごく暖かそう。内側が起毛なのね」

「ポソンといって、寒い韓国では伝統的な室内履きだそうです。まだ残暑が厳しいですが、冬の一軒家は冷えますから」

冷え性で寒がりの母に良い土産を見つけたと鼻が高かった。赤い花柄の派手なポソンを喜々として試す母を見ていると、俺の心まで温かくなってくる。

十五分も揉まれると脳みそまで柔らかくなったようで、些細なことは許せる気になった。マッサージチェア、良い買い物じゃないか。もう怒鳴るまい。

再び片付けに取りかかったとき、チャイムが鳴った。思わず母と顔を見合わせてしまったが、慌てて玄関に走る。これ以上、変な物が届きませんように――

勢いよくドアを開けると、狐目のショートカットの女性が立っていた。ラフなワンピースにサンダル、小さなスーツケースを引き、もう片方の腕にはショルダーバッグを提げている。

「……どなたでしょうか」

女性は切れ長の目を吊り上げ、キツい調子で俺を見据えてきたが、態度とは裏腹に声に怯えがある。それでも一歩も引かない応戦の構えを見せているのが、いかにも姉の優子らしかった。

「俺だよ、善太」

「えッ⁉　だってあんた――」

姉は絶句し、上から下まで俺をじろじろと見つめた。もう一度、俺の顔を食い入るように眺め、ほとんど絶叫した。

「お母さんじゃなくたってわかんないよ！　全然別人じゃない！」

「時間も金も、かけられるものは全部整形に注ぎ込んでるんだから、変わらないほうが困るよ」

　青ざめている姉に、俺は平然と両腕を組んで言ってやった。

「で、なに突然」

「お母さんに電話したら、最近ずっと独りで寂しそうで。様子も変だったから、心配になったのよ……あんた、韓国に行ってるんじゃなかったの？」

「二週間ほど行ってたよ。顎とエラを削りにね」

　姉はあんぐり口を開け、目をしばたたかせた。

「抜糸してからも腫れがなかなか引かなかったんだけど、ようやく目立たなく――」

「ちょっと待って。じゃあ韓国は手術のため？」

「そう。初めての経験で不安もあったけど、良かったよ。日本から来てる人もけっこういた。ダウンタイムは心配だったけど、あと半年もすればもっと顔のラインが綺麗に出ると思う」

「あんた、まだ整形続けてたの……？」

　信じらんない、と口のなかで呟き、姉は押し黙った。

「あら優子じゃない、どうしたの急に」

「お母さん……」

　居間から出てきた母に、姉は情けない声を漏らした。

「ちょうどよかった。こちらが鈴木さん。いつも話してるでしょ。善太のお友達で、よく遊びに来てくださるの」

「初めまして、鈴木です。お姉さんのお噂はかねがね」

俺は自慢の美しい歯を見せつけて、爽やかに自己紹介をした。

「おまえの汚い面が視界に入るだけで不愉快だ」

父親は事あるごとにそう言って、小さい頃からよく俺を殴った。

「佐藤って負け犬の顔してんだよな。貧乏神だわ」

野球部の先輩は、試合に負ける度に俺をいびって腹いせをした。

「男も結局、顔なんだ」

俺が泣き言を並べれば「そんなことないよ」と不細工な俺を励ましてくれていた彼女。だがその彼女がアイドルのようなイケメンと浮気したことで、俺の心は揺るぎないものとなった。

「俺、整形する」

彼女と結婚するつもりで貯めていた金を使って、人生をやり直す——だが両親は、揃って邪魔をしようとした。

「整形なんて金持ち相手のビジネスだ。おまえのタワシみてぇな顔が芸能人みたいに変わるか？　金をドブに捨てるだけだぞ」

父は金銭面にケチを付け、母は整形そのものに大反対した。

「善太は善太の優しい顔があるじゃない。それを愛してくれる人が絶対にいる。私はおまえの顔が好きだよ。傷つけてほしくない」

いつも味方でいてくれ一番の理解者だった母が、人生で初めて敵に回った。それがなにより俺を落胆させた。

「誰がなんと言おうと、俺は決めたんだ。整形する」

「それなら、出て行きなさい。顔を変えるっていうのは、親も自分も否定するってことだよ。もう、二度と戻るんじゃない」

俺は家を出た。それが十年前のことだ。

目、鼻、口、肌——がむしゃらに働きながら顔を変えた。医療ローン返済のために姉に金を借りたこともある。稼ぐためにはグレーな仕事も厭わず、世間的にいえば底辺に属する人間だっただろう。だが俺は満足していた。人生は顔で切り開くことができると知ったから。

顔のパーツひとつがほんの数ミリ変わっただけで、暗い人生に光が差し込み自信をもてる気がした。だが変わった瞬間は輝いて見えても、すぐに見慣れて物足りなくなる。光はマッチの炎のように儚く消えてしまう。新たな闇が広がり、再びマッチをする——整形への情熱は失われることなく、むしろ燃え上がるばかりだ。

直すべき箇所が見つかれば、即座に修正する。他人からは一見わからない、ごく細かなひびのような欠点だとしても、放置してはいけない。そこから自信が失われていくのだ。不完全な顔で暮らしている自分が惨めでおぞましく、許せなくなる。前を向いて生きていくために「進化」以外の選択肢はない。

手術後に顔が膨れ上がると、このままおさまらなかったらどうしよう、更に醜くなったら死んでしまう、と悲嘆にくれる。食べ物も口にできず、気が変になりそうな不安に苛まれながら日々鏡を見てすごす。赤くなったり黄色くなったり、痣が薄れていくのを観察するしかできない恐怖のダウンタイムは、一方で今まさに生まれ変わっていると実感できるマゾヒズム的な愉悦の一時だった。

かつてはキワモノ扱いだった「男の整形」は、バレると職場での陰湿ないじめや嫌がらせの対象になり、なかなか定職にも就けなかった。だが今ではどうだ。安定した営業職、それも美容関連の仕事で頼りにされている。ようやく時代が俺に追いついたんだ！

頭蓋骨を切る大がかりな手術は、さすがに怖かった。費用も今までと桁違い。だが俺は入念にリサーチし、資金を貯め、日程も調整し、外国に飛んだ。用意周到にやってのけた。大成功だ。俺は、もっと自分に自信を持っていいはずだ。


「化粧品は腐るほどあるでしょ。洋服だって、オシャレして出かけることなんかないんだから、今年はもう買い物禁止！」

買い物の山に呆れかえった姉は、到着早々母を叱りだした。しばらく「第三者」として黙って聞いていたが、母の顔が暗く落ち込んでいくのを見て、つい口を出してしまう。

「買い物したいという衝動や、美しくなりたいという欲求は、自然なものじゃないですか。

程度の問題であって、いきなり全部禁止してもストレスが――」

「そうやって甘やかすのがダメなの。ねぇお母さん、やっぱりお金は私が預かろうか。食品とか、生活に必要なものだけ届けてもらうようにしてさ」

「大丈夫ですよ、僕がまた定期的に来ますから。ね、芳江さん」

うるさい姉に背を向け、俺はにっこりと母に向き直る。

「それより、実は以前から思っていたんですけど、美しさを求めるのに化粧品は根本的な解決にはなりません」

「肌の手入れが大事なのよね。鈴木さんに教えてもらったマッサージ、時々やってますよ」

母が得意げになったので、素晴らしい、と相槌を打っておく。

「でも限界があるでしょう。顔そのものを変えるべきです。リフティングやヒアルロン酸注射を試してみたらどうでしょう。すごく簡単にできます。化粧ももっと楽しくなりますよ」

「ちょっと！　バカなこと吹き込まないでよッ」

「アンチエイジングのための美容整形は、今や常識です」

真っ赤になる姉に、気取って説明してやる。

「時代は変わるものですねぇ。でもどんなに歳をとっても、親からもらった身体は傷つけちゃいけません」

しかし母はごくごく冷静に答え、こちらが鼻白んでしまった。

「それは古い考えです。自分の身体は自分のもの。幸せになるためには、傷つけても変わっていく勇気が必要なんです」

「古くてけっこう。私は好きでもないこの顔と、一生付き合っていきますから。ご意見をありがとう」

　十年前の言い争いがフラッシュバックし、俺の頭は割れるように痛んだ。昔のようにそこらへんをぶん殴りたくなるが、母は泣き崩れた当時とは違い、シャンとしている。殻に閉じこもることもなく、駄々をこねる子供をなだめるような穏やかな目をしていて腹が立つ。言い返してやりたい。わからせたい。

――でも一生、わかりあえない。

　それだけは変えようのない絶対的事実であることに突き当たり、俺は足元が崩れていくような徒労感を覚えた。

「そうよ、整形なんて失敗したらどうすんの。ピンピンに引っ張り上げた気持ち悪い顔とか、目も当てられないわ」

「それはやりすぎの典型ですが、だいぶ悪意あるイメージですね。今は需要も増えて技術も向上していますから、そう簡単に医療ミスなんて起こりません。価格だって安いものです。お姉さんも、少し目を大きくしてみたらどうです？　腕のいい整形クリニックを紹介できますよ。今なら友達紹介キャンペーン中です」

　俺が皮肉たっぷりにからかうと、姉は真に受けたのか、全身の毛を逆立てる勢いで激高した。足を踏み鳴らし、ヒステリックに叫ぶ。

「私たちにまで押し付けないで！　そう簡単なことじゃない、簡単にしちゃダメなんだよ。整形が悪いとは言わないし、自信が持てるならって応援してた。けど、あんたはやりすぎ！　怖いよ」

「過去に囚われず、今を美しく生きようとしているだけです」

　紙袋が飛んできた。ひどく興奮すると物を投げる姉の癖は変わっていないらしい。せっかく分けた商品の山も、また乱雑に散らかっていく。

「頭おかしいんじゃない？　鈴木ってなによ、あんた本当に誰なのよ⁉　出てって、もうお母さんに近づかないでッ！」

「投げるのは危ないな。壊れたら返品できませんよ」

　俺は姉の怒りの火にたっぷり油を注ぎ、回れ右して従順に追い出された。玄関で振り向くと、仁王立ちした姉の後ろから、母がひょっこり顔を出して小さく手を振ってくれた。いたずらっぽい含み笑いで、唇だけ動かす。「またね」。

「お肉もお魚も、火が通ってますよ」

　ポソンを履いた母が、寄せ鍋の載った卓上コンロの火を消した。俺はくたくたに煮えた白菜を口に運びつつ、

「美味しいなぁ。やっぱり冬は鍋ですね」

　と、ありがたく週末恒例となった夕飯をご馳走になっていた。

あれからも俺は「鈴木」として実家に通っている。姉とは一切連絡を取っていないが、時々母から話を聞く限り元気そうだ。おそらく姉も「鈴木」が出没しているのは聞いていて、黙認しているのだろう。

母は相変わらずデパートをふらついているようだが、なにも買わずに帰宅できる日も増えてきて、大きな前進といえる。

「次は何を作ろうかしら。食べたいもの、ある？」

鍋をつつきながら、母はせっかちにも来週の夕飯の心配を始める。先週は「善太」の大好物、皮から手作りした特製ギョーザをタワーのように積み上げてくれた。

「たまには外食なんてどうですか？　ちょっと良い和食でも探しておきます。オシャレして出かけましょう」

そう言うと、母は目をきらめかせた。たまに張り切って外出するのは良い刺激になるだろうし、少しくらい親孝行しないと。俺も明るい気持ちになって、一息にビールを飲み干した。

「鈴木さん、明日はお仕事おやすみでしょ？　泊まっていったら？　善太の部屋で寝ればいいじゃない」

俺は心地よく酔いのまわった頭で、ぼんやりと母を見つめた。年相応の品の良い化粧で、ご機嫌な赤い頬をしている。

「俺のこと、わかってるんでしょ」

まっすぐ目を見て問うと、母はスッと視線を外した。ふてぶてしい岩になり、黙り込む。寄せ鍋が湯気を立てる向こうで、口元の皺がズル賢く歪んだ気がした。

いいだろう。付き合ってやる。俺も「鈴木さんごっこ」は嫌いじゃない。かわいい、かわいそうな善太を懐かしみながら、共に美しさを探求しようじゃないか。

気付けば笑みを浮かべながら、悩まし気に顎に手をやっていた。最近このポーズが癖になっている。削った輪郭はシャープになって満足しているが、そのぶん鼻が大きく見えてしまう。来年の目標は、鼻を細く高くすることだ。

俺は勝手に立って行き、我が家の冷蔵庫のごとく顔を突っ込んで缶ビールを取り出した。今夜は泊まらせてもらえばいい。

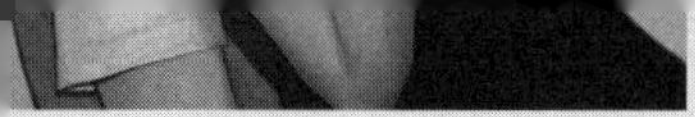

二十一週六日

掻きたい。掻きむしりたい。

「アトピーなんじゃない？　こんな引っ掻いて、炎症になってるじゃない。血まで……」

お母さんが眉をひそめて「お医者さんに行こう」と心配してくれるから申し訳なくなる。

「大丈夫、引っ掻かないよう気を付ける。かゆみ止め塗っておくよ」

でも本当はかゆいわけじゃない。単に掻きたいの。掻いてるとスッキリする。心が落ち着く。だけど本当のことを言ったらもっと心配されそうで、アトピーかもってことにしていた。

腕、脚、お腹――どこだっていい。顔にニキビができればそれもむしり取る。快感だ。身体をパトロールするように無意識に手が動き、じわじわ皮膚を剝がしていく。血が出ても手が止まらない。掻いている瞬間の安心感が先立って、痛みは後回し。

ところかまわず掻き続けているせいか、私の爪は念入りに研いでいるみたいに綺麗に丸くて、皮脂のおかげかテカっている。そのぶん、肌はカサカサのボロボロだけど。

もう止める――何度そう心に決めただろう。なのに知らず知らず隠れて爪を立てていて、自己嫌悪に陥る。意志の弱い自分に苛ついて、また引っ掻く。

一度始めてしまうと地獄だ。制御できない。身体全体が熱を帯びてぼんやりしてきた頃、もう二時間も掻き続けていると気付いたときは、自分が情けなくて消えてしまいたかった。

半年前、私立の女子高に入学したときは悩みとは無縁だった。かわいい子、不良っぽい子、派手な子、地味な子……いろんな子がいたけど、女子ばかりというのは気楽でいい。男子が苦手だったから、地元の公立中学よりものびのびと学校生活を送れていた。

私は「おとなしい子」の部類だ。でもクラスメイトを観察して、化粧を研究したり、スカートを短くするくらいの好奇心はある。お母さんに「みっともない」って怒られたりもしながら、なんか青春してるなぁって思った。毎日ひだまりの中にいるみたいに温かく満たされていた。

それが全部、ひっくり返った。

一時間弱かけての電車通学は、大人に一歩近づいた気がした。定期券をかざしてピッと改札を通れるのに優越感を抱いたりしたけれど、一ヵ月もすれば当たり前になる。何時何分にどの車両に乗るか。何も考えなくても足が自然に動くようになった。

その日の朝もラッシュだった。目を閉じてスローテンポの音楽を聴いていると、引き込まれるように眠くなってきた。超高密度で林立する乗客に挟まれていると、もたれかかってもバレないから、誰かの背中で寝そうになる。

そのとき、なにかがお尻に触れて目を開けた。

——あれ……?

ドキッとしたけれど、これだけの混雑だ。以前「痴漢⁉」と身体をねじったら、通勤バッグが当たっていただけだった。

私自身、目の前のお姉さんにすごい勢いで睨まれて、傘の持ち手がお尻にぶつかっていたらしいと気付いたことがある。

——勘違いかも。気にしないようにしよう……

また目をつぶったものの、胸がざわついて落ち着かない。

「！」

違う。勘違いじゃない。誰かの手の動きがわかる。手の甲が上下し、指先は文字を綴るように這い、手のひらで揉む……お尻から全身に悪寒が走った。

必死に手を払いのけても、懲りずに触ってくる。

パニックになった。斜め後ろの男らしいとわかっても、目が合うのが怖くてまともに見られない。逃れようとしても、もぞもぞ動くのが精一杯で、手はぴったりついてくる。

——しつこいよッ！

何度目かに男の手を払ったとき、手首を掴まれた。叫んだ気がしたけれど、声になっていなかったらしい。誰も気付かない。

周囲に助けてほしいけど、現在進行形で痴漢をされていることが恥ずかしくて、気付かれたくない気もする。

腕を引き抜こうともがいても、強い力に抗えなかった。男の生ぬるい手が、私の腕をどこかに導いた。手の甲がなにかに押し付けられる。なにか、こんもりした……

恐怖に固まった。

気が動転して、どうすればいいのかわからない。声も出ない。

男の脚が私の両脚の隙間にねじこまれた。スカートの下からもう片方の手が伸びてくる。

——嘘だよね？　さすがにそこまで、ないよね？

これが現実という気がしなくて、急に頭がぼうっとした。

男は迷いなく、押し開いた私の脚の付け根に手を入れた。下着の上から誰にも触れられたことのない部分を突かれたとき、雷に打たれたかのような衝撃があり、思考が停止した。

男が降りるまで、痴漢は執拗に続いた。私は身体を硬くして目を閉じ、ただ震えているだけだった。

高校に着いても、身体中に男の指紋がべったりついているようで気持ち悪くて仕方なかった。ふとすると男の手が皮膚を這った感覚が思い出され、吐きそうになる。

気付けば男に触られた手や太腿を夢中で引っ搔いていた。少しだけ気持ちが楽になる気がした。

「どうしたの？」

猛烈に身体を掻きむしる私に、友達はうろたえていたけれど、痴漢のことは話せなかった。

親には相談しようと思いながら、鼻歌交じりに夕飯のカレーを作るお母さんを見ていると、今朝の体験がより汚らわしく、口にするのも恥ずかしく感じられた。

打ち明けたら、悲しむだろうな。泣いちゃうかも……

ぐずぐず悩んでいるうちに、お父さんが帰ってきた。苦々しい顰《しか》め面に嫌な予感がしていると、背広を脱ぎつつ怒りをぶちまけた。

「痴漢に間違われそうになったよ。危うく冤罪だ。男はいつも悪者にされる、全くやってられんッ」

お父さんは話しながら怒りが再燃してきたのか「痴漢痴漢って、誘うような服を着ている女の自業自得だ」とまで吐き捨てた。

お母さんは「それは言い過ぎ」とたしなめていたけれど、

「江麻《えま》も毎朝、満員電車なんでしょ？　どこに変な人がいるかわからないから、気を付けなさいね。スカート短いんだし」

と、私に注意した。

かろうじて頷いたものの、目の前が真っ暗になった。

——私がいけなかったのかな……

ベッドに寝転がり、ごく自然に皮膚をむしっていた。お風呂で身体が真っ赤になるほどこすって洗ったのに、まだ不快なものが染みついている気がした。

全てなかったことにしたい。一心にそう願った。強く願うほど指先に力がこもる。手を止めると、あのおぞましい行為が蘇り虫唾《むしず》が走る。「もう大丈夫、きれいになった」そう自分に言い聞かせながらも、身体を浄化し心を空っぽにするために、一晩中引っ掻いていた。

ようやく眠りに落ちると、夢の中でも触られた記憶の断片に生々しく苛まれ、冷たい汗をかいて目覚めた。

私は日常に投げやりになってしまった。

同じ男から、また痴漢にあった。車両を変えても付いてくる。一度しっかり顔が合ってしまったが、普通、としか言えない薄い顔だった。でも私の目には禍々しく邪悪な肉塊に映る。しれっと痴漢を繰り返すふてぶてしさに、気が変になりそうだった。私が何も言えないとわかってて……悔しい。

電車の時間を変えてしばらくは平和だったけれど、また別の痴漢にあった。絶望的な気持ちになる。

——狙われる私が悪いのかな……

私は胸もお尻も大きい方だった。太い脚で短いスカートなんて穿いているからいけないのか。スパッツを穿くようにしたけれど、自分のふくよかな身体に嫌悪感が募るばかりだった。

夏休みに入って電車通学しないですむと、ホッとした。心を閉ざしてふさぎ込むようになった私の周りに、友達といえる同級生はもういなかった。

だけど親に心配されないように「友達と遊んでくる」と嘘をついて、この夏は歩いて行ける市民図書館によく通った。

〈ミイラ〉

二学期に入ってから、陰でこう呼ばれているらしい。腕の傷がひどくなって、包帯でぐるぐる巻きにしているからなのだろう。ネーミングに捻りがない。高校生ってもう少し大人かと思っていたけど、意外と幼いのだ。イジメに発展しないことを祈りつつ、それすらどこか他人事だった。

　私は誰より早く冬服の制服に衣替えして、長袖を着始めた。

「やだッ！　ちょっとぉ」

　前から回ってきたプリントを後ろの席に渡したら、その子は金切り声をあげてプリントを取り落とした。

「血がついてる！　きもッ」

　自分の指先を見て背筋が凍る。爪の間が赤くなっていた。授業中も無意識に首元を掻いていて、かさぶたを剝がしてしまったようだ。

　拾わなきゃ、と思ったけれど、プリントをもっと汚しそうで怖い。

　すぐに席を立って拾い集めてくれたのは、学級委員の間宮《まみや》千晴《ちはる》だった。

「垣内《かきうち》さん、保健室行こうか」

　促されるまま、俯いて教室を出た。ざわめくクラスメイトたちの声が背中に痛かった。

「さっきのプリント、血じゃないと思うよ。隅が汚れてただけ」

　千晴はクラスで浮いている私にも、唯一平等に接してくれる。でもそれが優しさなのか、義務感なのかよくわからない。

「皮膚弱いの？　プールも見学だったでしょ」

「……うん、ごめん」
「なんで謝んの。私も見学してたし」
「付き添ってくれなくていいよ。間宮さんはクラス戻って」
「本当はちょっと気分悪くて、保健室で寝たかったんだ。いい機会だから、ご一緒します」
本音が見えない千晴の横顔。ツンと上を向いている鼻が勝気な印象でもあり、愛嬌にもなっている。

偽善的でクールな優等生――私は入学当初から、千晴がちょっと苦手だった。文武両道で先生の信頼も厚く、クラスメイトにも一目置かれている。そんなの嘘くさい。

でも千晴の完璧神話も、微妙に崩れつつあるようだ。ソフトボール部のエースと期待されていたのに、夏合宿を前に突然辞めたらしい。部活の仲間から「根性なし」、「ガリ勉」と後ろ指をさされているという噂だ。

――まぁ私には関係ないけど。

また制服の上から腕を掻いていた。もはや痴漢のトラウマとは関係なく、隙あらば手が動いている。自分でしていることなのに、あれ、と後から認識してギョッとする。

私の中に、私の声を聞かない誰かがいる。内側から宇宙人に侵略されているような恐怖と不安は、日増しに強まっていた。いつか完全に乗っ取られてしまうんじゃ……これ以上勝手をさせないよう、両手を封印しようときつく握り合わせる。

「なんのお祈り?」と千晴に聞かれて「別に」と濁した。

十月になれば皆が冬服になるけれど、黒タイツを穿いているのは私くらいで、やっぱり浮いていた。

朝の混みあった電車に揺られていると、いつも緊張して気が休まらない。必要以上に警戒する癖がつく。

なるべく空いている車両を探して、乗車してからも車内に目を光らせていると、近くにいた男性と目が合ってしまった。

――痴漢できそうな相手を探しているのかも……

途端に動悸が激しくなる。疑心暗鬼に陥り、つり革を握る手が冷たくなる。我慢できず、途中下車してしまった。

次に来た電車は、先ほど以上に乗客がみっちり詰まっていた。痴漢にあいそうで怖い。どうしても乗り込めずに見送ると、次の電車は二十分後だった。遅刻確定。

私はため息をついた。座って待とうとホームのベンチを探す。

既に一人、女の子が座っていた。お腹を抱えるように背中を丸め、ぐったり首を落としている。うちの高校の制服。あれは――

「間宮さん？」

千晴は弾かれたように顔を上げた。真っ青だ。

「大丈夫？」

「平気、放っといて」

千晴は迷惑そうに呟くと、また顔を伏せてしまった。

私は迷いつつ、席をひとつ空けて座った。苦しそうで、とても放っておけない。

「気持ち悪いの？　女の子の日とか？」

「…………」

無視されても、くじけてはいけない。間宮さん、と声をかけながら、おそるおそる肩に触れた。

瞬間、千晴はビクッと身体を引いた。その怯えたようなリアクションに、思い当たるものがあった。私も痴漢にあってから、誰かに急に触れられると肌が粟立ってしまう。

千晴が不安そうに身体を縮こめて、電車に乗れないでいるのは――

「もしかして、間宮さんも？」

「…………」

「実は、私もなんだ……辛いよね」

思わず涙声になる。

「違う、一緒にしないで！」

でも鋭い声で怒られて、冷水を浴びせられたように心が萎えた。

そうだ、いつも自信満々な千晴が痴漢にあうわけない。あったところで泣き寝入りしてしまう私と違い、撃退するだろう。

「私は別にいじめられてないから」

「――え？」

「自殺するつもりもない。私は絶対、生きなきゃいけないの」

予想外の返答に混乱し、何の話だろうと脳をフル回転させた。

つまり「垣内江麻はいじめられていて、死にたがっている」といった噂が流れている……？

「違うよ、私だって死にたくないし。私が言いたいのは――」

それ以上は詰まってしまって、目を伏せた。

千晴が下半身を守るように両手をお腹に置いているのにつられたのか、私もお腹を抱えていた。そして無造作に掻いていた。

「……なにしてんの？」

「別に、なんでも――」

指摘され、顔が赤くなるのを感じた。掻きむしりを打ち消すように、慌ててお腹を撫でさする。なんでもない、なんでもない。

「本当に、垣内さんも？　いつから？」

千晴は目を見開いた。その瞳がわずかに潤んでいる。

やっぱり千晴も痴漢にあっていたんだ。それで電車通学が苦痛で、体調を崩し、部活まで辞めることに……全て繋がる。

「四ヵ月くらい前」

涙腺がもろくなっているみたいで、泣き出さないよう気を付けて答えた。

「私も四ヵ月。相手はなんて言ってる？」

「なんにも。逃げられちゃって、わかんない」

「嘘⁉　最低すぎない？」

猛然と憤慨できる千晴が羨ましい。やっぱり痴漢にもひるまず立ち向かったんだろうか。

「間宮さんは捕まえたの？」

「逃げられ気味だけど、産むよ」

「……産む？」

また予想外の返答。

産む――私は千晴が抱えているお腹を、改めてまじまじと眺めてしまった。

呆気にとられていると、千晴は突然怖い顔になった。

「垣内さん、もしかして堕ろす気？」

「……ごめん、勘違いしてたみたい」

千晴は更に目を大きくした。切羽詰まった瞳が揺れたかと思ったら、ふっとまぶたが閉じられた。再び目を開いたときには、いつもの揺るぎない優等生の顔だった。

「妊娠のこと、親にも話してないの。誰にも言わないで」

私はこくこくと何度も頷いてみせる。

「でもやっぱり、早く相談したほうがいいんじゃない？」

「だめ。バレたら絶対、堕ろせって言われるから。中絶できなくなる二十二週目を越えてから話す。高校に話を通すのも、それ以降。全部考えてあるから、余計な口出ししないで。垣内さんは、とにかく絶対に黙ってて」

簡単に千晴にねじ伏せられて、反論の余地はなかった。

私も恋愛くらいしてみたい。彼氏がいる子が羨ましい。でも、身体を触られたり、キスされたりするかと思うと……想像するだけで身の毛がよだつ。

慎重そうな千晴が、そこから更に先のことをしていたなんて信じられなかった。しかも妊娠して、産もうなんてどうかしてる。テストの点は良くても、意外と世間知らずなのかも。それとも恋愛に溺れると、それが世界の全てになっちゃうんだろうか。

「それで垣内さんの『相手』って、何なの？」

私が悶々と自問自答を繰り返していると、千晴は疑り深い目つきで言った。

「……痴漢」

「ちかんンン？」

声を裏返す千晴に、必死で頼んだ。

「間宮さんのこと、絶対言わないよ。だから間宮さんも私の話、秘密にして」

「わかった——けど、痴漢には私もあうよ。すごいムカつくけど、恥ずかしいことじゃない。そんなに悩むことないよ」

千晴の悟ったような言い草に、カッと頭に血が上った。なにもわかってない。あれだけの屈辱を受けてないから言えるんだ。

「男ってエロい生き物なんだよ。痴漢は病気ともいうし、狙われたら運が悪かったと思うしかない。そいつが地獄に落ちるのを願おう、ね？」

割り切れる千晴が憎らしい。これだから男性経験がない奴は痴漢ごときで……と小馬鹿にされているような気すらする。

「止めなよ！　もしかして引っ掻くの、ストレス？　痴漢のせいなの？」

千晴が取り乱したように腰を浮かせたことで、私は自分のお腹に爪を立てていることに気付いた。

「垣内さんが悪いことなんてひとつもないんだから、自分を責めるようなこと止めなよ」

——自分を責める？

ぴたりと手が止まった。そんなこと、考えたことなかった。

「でも、私が隙だらけだったのがいけないのかも……スカートも短くしちゃったし……」

何を話しているんだろう私は。

「そんなの理由にならないよ。ジーンズ穿いて、周りに気を付けてても、お尻触られることだってある」

忌まわしい出来事がフラッシュバックする。息が苦しい。

思い出したくないッ——前のめりに突っ伏して、頭を殴った。

拳を摑まれて、しゃくりあげながら顔を上げる。

「垣内さんは悪くないから」

戸惑いながらも、真っすぐに千晴が私を見つめていた。

「もう自分を傷つけないで」

「……私のせいじゃない？」

「ない。絶対ない」

きっぱりと言い切ってくれた。

千晴の膝にすがりついて泣きたくなる。気休めの言葉だとしても、真っすぐな全力の断定に、こんなにも救われるんだ……

鼻をすすっていると、千晴は私の拳を自由にしてくれた。

「電車が怖いなら、この駅からでも良ければ私が一緒に乗ってあげるよ。二人でいれば痴漢も寄ってこないと思わない？」

初めて千晴が笑った。力強い、太陽みたいな笑顔。

妊娠という人生の一大事なのに、どうして千晴は私を心配できるんだろう？　既に母性本能に目覚めているんだろうか。

「私も――」

言いかけて口をつぐみ「ありがと」と頭を下げた。

「ほら、電車来るよ」

千晴は膝に手を添えてゆっくり立ち上がると、私の腕を取ってくれた。少し照れくさそうに見えた。

「私も千晴を守ってあげる」

喉元まで出かかった台詞は、飲み込んで正解だった。勢いで言うには無責任すぎる。それに「調子にのらないで」って、また怒られそうだ。


「じゃあ、垣内さんは〈死にたがり〉ってわけじゃないんだ」

放課後の空き教室で、千晴はなんだか楽し気だった。

私は苦笑いで首を振るしかない。

「〈ミイラ〉はずいぶん直球なあだ名だと思ってたけど、そこまで噂が発展していたなんてビックリだよ」

「でもその掻き癖、心理的なものなら病院とか行ったほうがいいんじゃないの？」

「間宮さんこそ、今すぐ病院に行くべきだよ」

千晴がむっつり黙り込んだので、私も何も言わない。

本当はお母さんにも「皮膚科」と「心療内科」に行こう、と言われた。心配かけて申し訳ないけど、これはお医者さんにどうこうできるものじゃない。私の問題なの。きっと心が落ち着いたら良くなるんだから、放っておいてほしい。

千晴も千晴で、どうしても病院に行きたくない理由がある。

他人から見たら馬鹿げた意地だろうけど、私たち本人にとっては大切な理由。お互いそれがわかっているから、しばらく睨みあっていた。

「万が一、異変があればすぐに駆け込むよ。今のところちゃんと育ってるから、ご心配なく」

千晴は無言に耐えられなくなったのか、この話を終わらせた。赤ちゃんをなだめるみたいに、両手のひら全体でお腹にトントンと触れる。愛しい物を慈しむ、優しい手つき。

「お腹、もう膨らんでるの？」

「うん、制服きつくなってきた。スカートのホック位置、ずらさないと。冬服になって隠せるのはありがたいけどね」

千晴はだぶだぶの厚手のカーディガンをゆるめに着て、お尻まで隠していた。

「垣内さんが二学期始まって早々衣替えしてくれたから、私も真似しやすかった。ありがとう」

そういえば、千晴は私の次に長袖を着てきた。知らないうちに感謝されていたとは。大げさだけど、私にも存在意義があったんだなと嬉しくなる。

その勢いで、思い切って聞いた。

「お腹、見せてもらってもいい？」

断られそうな気もしたけど、千晴は誰もいない閉め切った教室を一瞥すると、カーディガンとシャツをまくりあげた。

確かに、お腹が少しふっくらしている。千晴は細いから、身体のバランスに比べれば、という程度だけど。

つるんとしたきれいなお腹。ここに本当に赤ちゃんが？

「さ、わっても、いい？」

つっかえてしまった。

「いいよ」

千晴はどうってことないような声を出したけど、うっすら顔を赤らめた。

こわごわと右手を伸ばす。考えてみれば、誰かのお腹に直に触ったことなんてない。速まる鼓動を押し隠し、千晴のお腹に触れた。

やわらかい。でも押し返してくるような張りもある。指先から温かいものが伝わり、身体の隅々まで染みわたってくるようだった。

怖気づいていたくせに、私は瞬時にすべやかなお腹に魅せられていた。少しずつ指先を伸ばし、手のひら全体で確かめる。このぬくもりの中、人知れず密やかに育まれている命——

目頭が熱くなった。

「え、泣く⁉」

「ごめん。だって、なんかすごい、きれいで——」

この感動を、どう伝えればいいんだろう。

「男の人怖いし、エッチとかも気持ち悪い、汚ないって思っちゃってた。でも、違うのかも。だってすごい。きれい」

うまく言葉にならないまま、感極まってしまう。ぽろぽろ涙がこぼれる。

「高校生で妊娠なんて、馬鹿だなって思ったでしょ？」

千晴に静かに問われて、なんて答えようと一瞬悩んだ。でも千晴の穏やかな笑みを受けて、正直に頷いていた。

「間宮さん、意外と軽率なんだって思った。この歳で妊娠なんて、堕ろしたほうがいいのにって……でも、触れてみてわかったよ。これは守らなきゃ。すごいよ、間宮さんも赤ちゃんも、本当にすごい」

「意味わかんないけど」

千晴はプイッと顔を背けた。でもその顔は耳まで真っ赤で、唇の端が嬉しそうにちょっぴり持ち上がっていた。

その日から私たちは、朝は途中駅から一緒に登校し、放課後も人気のない場所を探しておしゃべりしたりするようになった。お互い隠しごとなしで、カッコつけずにすむから気楽だ。

嫌われ者同士でつるんでる——周囲からそんな目で見られていそうで気まずくもあったけど、千晴は全く気にしなかった。

千晴は常に堂々としていた。陰で何を言われようが今までの毅然とした態度を変えなかったし、反発的な態度をとる子に対しては、まるで気付いていないかのようにスルーした。

「高校生活より、お腹の赤ちゃんが大切だから」

徹底している千晴を見ていると、強いなぁと感心せずにはいられない。でも入学当初から

「なんとなく信用ならない奴」という印象を受けたのは、きっと「他人はどうでもいい」というスタンスが滲み出ていたからじゃないだろうか。

相変わらず先生からも頼りにされていて、来月の体育祭のためにクラス旗作りも押し付けられていた。

「先生を味方にしておけば、妊娠を打ち明けても力になってくれるはずでしょ。あ、ちゃんと『垣内さんにも手伝ってもらいます』って売り込んでおいたからね」

千晴はカットされた白い布全面を目一杯使い「1―B常勝」と鉛筆で書いた。イラストなし。シンプルだ。

「なんで一年生なのに『常勝』なの？」

「それがナンセンスでおもしろいんじゃん。マンガ好きなら元ネタわかるし、強そうだから文句ないでしょ」

千晴はいちいち断言する。そうかも、って気になるから不思議だ。色塗りを手伝わされながら、私も楽しくなってきた。

「間宮さん、体育祭出られるの？」

「どうかなぁ、その時の体調次第。もう安定期に入ったから、騎馬戦とか激しい種目じゃなければ大丈夫だと思うんだけど」

千晴は濃い黄色で大胆に文字をなぞり、私は紫でちまちま周囲を塗り始める。

「安定期ってどれくらいから？」

「妊娠五ヵ月目あたりから」

「つわりっていつ？」

「もう終わったよ。三ヵ月目くらいがちょっとキツかったけど、私はそれほどひどくなくて助かった」

　私は相槌を打ちつつ、淡々と語る千晴に改めて驚かされる。

「うちのお母さんは私を妊娠したとき、つわりがすごく大変だったんだって。間宮さんはキツかったとき、どんな感じだったの？」

「ムカムカして、よくしょっぱいものが食べたくなったかな。それも和系の。クッキーより煎餅、ハンバーグより煮魚って感じ」

「それって赤ちゃんの好みなのかなぁ」

「だとしたら、おもしろいよね」

　くすりと笑う千晴から、幸せオーラが溢れている。

「あとは、すごく眠くなった。ずっとダルくて、授業中は梅干し飴とか舐めながら我慢してたけど、垣内さんにくっついて保健室行ったこともあったっけ」

「あ！　プリント拾ってくれたとき――」

「そうそう。考えてみると、けっこう垣内さんにお世話になってるね」

「今もそうだしね」

　私が絵筆の先で、ちょいと千晴の手の甲に色を付けると、千晴は私の鼻めがけて筆を突き出してきたので、間一髪で避けた。

ふざけていると、ちょっと前まで友達とじゃれ合っていた幸せな高校生活が戻ってきたみたい。でも、私はたまたま千晴の秘密を握ってしまっただけ。力業で親しくなった。

千晴が妊娠をカミングアウトして、高校を辞めて、赤ちゃんを産んで、お母さんになって——それでも私と仲良しでいてくれるのかな？

ふと寂しくなった隙に、ほっぺたに○を描かれてしまった。

「これでおあいこね、さぁ仕事仕事」

すました顔でまた作業を始める千晴を憎たらしく思いながら、ついニヤついてしまう。顔を拳でこすって、ふと千晴と一緒にいるときは、掻きむしりをしていないことに気付いた。

——本当は私のほうが千晴のお世話になってるんだよ。

また旗を塗りだすと「そこ、色むらになってる」と怒られた。

体育祭は学年全体をくじで四色に分けて、色別対抗で行われた。うちのクラスは青組。色別とは別に、各学年でも順位を付ける。

「常勝」旗は、他のクラス旗が凝ったかわいいデザインが多いなか、圧倒的に目立っていた。しっかりウケていたし、なかなか評判が良く、私は密かに誇らしい。

「さすが間宮さん、お疲れさま」

千晴の個人種目はスプーンレースで、文句なしの一位だった。スプーンにピンポン玉を載せ、余裕の速足で一度も玉を落とさずにテープを切った。

「この調子で優勝しちゃうか。午後の障害物競走、がんばって」

私の肩を叩く千晴が、元々体育会系だったんだと思い出す。こういう催しに本気になれる性質《たち》なんだろう。

私は跳んだり這ったりしなきゃいけないレースを思うと、食欲すら減退する。じゃんけんで負けた自分を呪うしかないけど、晴れやかな顔で大きなお弁当箱を広げている千晴が恨めしい。

「お弁当、豪華だね」

「栄養バランスを考えて、しっかり食べないとね。サプリも飲んでるよ」

昼ごはんは各自好きに取ってよく、校庭でピクニックをしている子もいれば、教室に戻ってのんびり食べる子もいる。

私たちは屋上に続く薄暗い階段に、ひっそり腰かけていた。

「自分で作ってるの？」

「うん。うちの両親共働きで、前はお母さんが家族三人分のお弁当作ってたんだけど、今は私の担当。部活辞めて時間もできたから、夕飯作ることも増えたよ。お母さんの味付け濃いめで、塩分とか気になるからさ。私がごはん担当になって、お父さんの血圧も下がったんだ。私、偉くない？」

「偉すぎ」

素直に脱帽する。千晴は得意げに胸を反らせた。

「初めて食べ物に気を付けるようになったよ。もうジャンクフードとか無理だもん」

千晴は私が添加物てんこ盛りのお菓子が好きなことを知らないはずだけど、注意されている気がしてバツが悪かった。

将来子供が欲しいなんて考えたこともない。でも妊娠したとしても、千晴みたいにストイックになれる気がしない。

近付いてくる足音がないのを確かめると、念のため声をひそめて言った。

「赤ちゃんのせいで、いろいろ大変だね」

千晴は目を丸くすると、箸を置いて姿勢を正した。

「違うよ、赤ちゃんの『せい』じゃなくて、『おかげ』。私もたくさん学べたもん。身体がどんな順序でできるのかとか、内臓や器官の仕組みとか、病気の種類とか」

ずいっと額を寄せてきたので、私はどぎまぎしてしまう。千晴がこんな真顔を見せるのは初めてだ。

「赤ちゃんができるって、当たり前のことじゃないんだよ。奇跡なんだよ。欲しくてもできない人もたくさんいる。特に最近は、自然に妊娠するのは難しいって従姉が言ってた。不妊治療で毎日のように注射打ったりして、すごく苦労してたの。両親もね、五年も治療を受けて、諦めかけたときにようやく授かったのが私なんだって」

赤ちゃんを悪く言う奴は悪人だ、と暗に批判されているのだろうか。ちょっと落ち込みかけて、はたと気付いた。

「ご両親がそんなに苦労したんなら、間宮さんの妊娠を喜んでくれるんじゃない？」

「いや、二人とも公務員で頭固いし、デキ婚とか許さないタイプだから絶対無理。むしろ私のこと溺愛してるからこそ、この歳で赤ちゃんができたら人生おしまい、とか悲嘆にくれちゃうと思う」

千晴のきっぱり口調は、いつにも増して説得力があった。私の両親を思い浮かべてみても、やはり許さないだろうと思う。

「でも、赤ちゃんは間宮さんをママにもてて幸せだね」

励ましの気持ちで明るく言ったのに、意外にも千晴の顔が曇った。そこに不吉な影を見て、唐突に恐ろしくなる。

「……そういえば彼氏とは、連絡とれた？」

「まぁね」

千晴はわずかに表情を硬くして、再び箸をとると黙々と食べ始めた。

私の不安は膨らむばかりで更に食欲がなくなったけれど、ニコニコを意識しておかずを口に運んだ。

「いつもはさ、お昼休み、自分の机で飲み込むみたいにお弁当食べてて、あとはマンガ読んだり一人ですごしてるからさ、こうやって間宮さんとランチできるの嬉しいな」

千晴は急に眉を下げ、苦し気に口元を歪めた。崩れかけた顔を取り繕うように、鼻をつッと上に向ける。

「朝も放課後も一緒なんだから、昼くらい一人で我慢しなよ」

「……ごめん」

「私がいなくなったら、垣内さんどうすんの？」

ぐッと喉が詰まった。

はァー……千晴の深いため息が胸に刺さる。泣きそうになるのを堪えて、のろのろ咀嚼していたオムレツをどうにか飲み下す。

「私はいつもここにいるから」

千晴の不機嫌な声。でも怒ってはいない、照れ隠しのときの声。

「いつまでもそばにいてあげられないけど、私も一人でここでお昼食べてるから、気分変えたいときは来れば？」

「……迷惑じゃない？」

「だったら誘わないよ。ほら、早く食べないと午後の競技始まっちゃう。私はクラスの点呼もしなきゃいけないんだから」

千晴に急かされて、私も粛々と食べる。ちょっとしょっぱくなったお弁当を噛みしめながら、私は千晴に心配されないように、強くならなきゃいけないって心から思う。

結局、青組は三位で優勝には遠かった。でも学年別では一年の六クラス中、うちのクラスが僅差で一位。順位なんてどうでもいいけど、「常勝」旗を振って喜ぶクラスメイトを見ていると、久しぶりに清々しい心地がした。

千晴は秘密のノートを持っている。

妊娠、出産、子育て——色々調べて丁寧にまとめていた。ちょっと癖字だけど、カラーペンや蛍光マーカーも使い分けてポイントを強調してあったり、このまま売り物になりそうなほど立派だ。

授業もこうやってノートを取っているのだとしたら、なるほどテストで良い点を取れそうな気がする。

「きっともう、知ってるとは思うんだけど……」

私も見栄え良く、わかりやすくを心がけてまとめた一枚のレポート用紙を千晴に渡す。

「〈気軽に赤ちゃん相談♡リスト〉?」

千晴はタイトルを読みあげ、上目遣いでこちらを見た。

大きくなっていく千晴のお腹が心配で、どうしても病院には早く行ってほしかった。千晴が妊婦さんとして努力を重ねているのは尊敬しているけど、専門家に診てもらうべきだ。

「病院は保険証とか面倒だけど、調べてみたら『女性健康支援センター』っていうのや、いろんなNPOがあって、無料で妊娠相談できるみたいなんだ。やっぱりプロに話せたら頼りに——」

「知ってる。リサーチ済み」

千晴は私のプレゼンを遮るとレポート用紙をぴっちり二つ折にし、

「全部計画済みだから、大丈夫。ありがとね」

ぎこちない笑みを浮かべて、秘密ノートに挟んでしまった。

私は、そっか、と弱々しくほほ笑み返すしかない。無力だ。

「そういえば、彼と会う約束したよ」

千晴がさりげなく付け足したので、私は飛びあがった。

「良かった！　なかなか会えないみたいだから気になってたんだ。彼氏のことは全然話してくれないし」

「プライベートですから」

「どんな人かくらい、教えてくれてもいいのに」

「私の好きな人」

彼についての決まり文句はこれだ。「私の好きな人」。

正直、二人はあまりうまくいっていないのではと勘繰っている。でも千晴は、今も彼氏をすごく大切に想っているらしい。

「仕事ある人なんだよね？　結婚したら、間宮さんも働くの？」

「どうだろ、勉強も続けたいけど」

わざと乾いた調子で言う千晴に、切なくなる。

せっかく頭がいいんだから、勉強は続けてほしい。大学にも行ってほしい。でも子育ては片手間でできるほど楽じゃないってことくらい、私にも想像できる。

「全部計画済み」——千晴がそう言ってるんだ。きっとパーフェクトプランを立てているに違いない。私ができるのは、赤ちゃんが元気に生まれてくることを祈るくらいだ。

お節介を焼くのは止めよう。千晴を信じて、全力で応援しよう。


安産祈願のできる寺社をネットで探していたら、意外にも家の近くに有名スポットがあると知った。まだ小学生の頃、お父さんの車で近くを通って一度だけ立ち寄った、小さな神社。

週末の午後、私はうきうきと自転車を走らせた。十一月も末になって、空気がかなり冷たい。手袋はして出たものの、毛糸の帽子もかぶってくればよかったと後悔しつつ、心は逸って熱かった。

石階段を駆け上り、まっしぐらに社務所へ。赤地に金色で「安産御守」と刺繍の入ったお守りを買う。古典的なデザインがご利益ありそうだ。

息を弾ませたまま賽銭箱に五円玉を投げ入れて、盛大に鈴を鳴らした。手を合わせ、神様に届くよう精神を集中させる。

——千晴も赤ちゃんも健康第一で、幸せに！

五円分にしては欲張りすぎるほど何度も祈って回れ右すると、若い妊婦さんが大きなお腹を抱えて、ゆっくりゆっくり階段を上ってきた。道を譲りながら、ついそのお腹を眺めてしまう。

大きい。すごく大きい……

風船のように張り出したお腹を凝視していたら、その丸いものがぴたりと止まった。視線を上げると、妊婦さんが怪訝な顔をしていた。

「すみません！　友、いや、知り合いが妊婦さんで……」

あたふた頭を下げる。友達が妊婦というのは若すぎると思われそうで、咄嗟に微妙な嘘をついていた。

「それでお参り？　優しいのね」

「はァ」

ヘラヘラしていると、妊婦さんはこちらの無礼すら包みこむような柔らかい笑みを浮かべた。

「赤ちゃんが好きなの？」

「そう、ですね」

なんとも言えない。それより、目の前のお腹の存在感に圧倒されていた。千晴のお腹もこんなに育つんだろうか？

「大きいよね。私は出てるほうみたい」

妊婦さんは私の視線から心を読んだのか、おかしそうに言う。

「あの、お腹――」

声に出してしまい、顔から火が出そうになった。さすがに失礼すぎると口をつぐむと、これも妊婦さんが察してくれた。

「……触ってみたい？」

「いいんですかッ！」

妊婦さんが宝物のように両手で抱えている、真ん丸のお腹。私みたいな知らない人が触ってもいいんだろうか。迷いながらも、大らかに頷いてくれた妊婦さんに引き寄せられる。唾を飲みこみ、気を引き締めて手を伸ばした。

硬い。怖いくらいだ。コートの上からでも、お腹のふくらみの中がぎっちり詰まっているのがわかる。パンパンで重そうだ。

大変だ……これは本当に、一大事なんだ！

「来月生まれる予定なの。一人目は流産してしまって、この子もいなくなったらどうしようって、毎日心配で眠れないほどだった。お知り合いや妊婦さんを、助けてあげてね」

妊婦さんの声が、しっとりと胸に響いた。

「はいッ」と勇ましい返事をしている自分に驚きながら、もう一度ぺこりとする。

階段を駆け下りても昂ぶりが抑えきれなくて、全力で自転車を漕いだ。上気《じょうき》した頬が冷気にひりついて心地いい。

一緒に電車に乗ってくれる千晴。

一緒にお昼ごはんを食べてくれる千晴。

私を励まして守ってくれる、ちょっと口うるさい千晴——

来週には親にも高校にも、妊娠を打ち明ける予定になっていた。これから千晴は、周囲の好奇と偏見の目にさらされ、逆風の嵐に揉まれるだろう。

「いつまでもそばにいてあげられないけど——」

千晴の台詞が蘇った。あと数ヵ月しか一緒にいられない。千晴は私のことを忘れてしまうかもしれない。でもせめて、そばにいられる間は。

私が千晴を守るんだ。

安産祈願のお守りをカバンに忍ばせて、電車に乗る。朝のラッシュは未だに怖いけれど、途中の駅で千晴が待っていてくれると思うと心強い。なぜか「大丈夫」とお腹の底から力が湧く。

快速列車は混み合うし、次の停車駅までの区間が長いから避けるようになっていた。でも最近は、その日の気分次第で「挑戦しようかな」という気にもなる。

いつも通り、のんびり鈍行で向かっても間に合うよう家を出て、早く着いて千晴を待っていよう、と閃いた。勇気を出して、数ヵ月ぶりに快速に乗り換える。

しばらく神経を張り詰めて身体を硬くしていたけれど、大丈夫そうだった。ふぅっと胸をなでおろす。人を人と思えない、人を物か空気に変えてしまう、ラッシュ特有の重い密度に揺られる。

隣の女性のヘッドホンから、かすかな音が漏れていた。以前よく聴いていた洋楽だと気付き、なんとなくシンパシーを抱いて見つめると、女性は目を伏せていた。虚ろな目で、睫毛《まつげ》を震わせている。よく見れば顔は血の気が引いたように白く、口も半開きだ。

私の心臓が、割れそうなほど激しく打った。

恐怖にかられながら女性の背後に目をやる。こちらから顔を背けるように、そっぽを向いている中年男がいた。その横顔に、見覚えがあるような……

——あのときの、痴漢？

脚が震えてきた。そんなわけない。別人だ。私を付け狙った男はもっと若かった。わかっているのに、胃液がせり上がってくる。

男は女性に密着しすぎていて、何をしているかよくわからない。目を背けたくなる脆い心を奮い立たせて男の手元を観察していると、女性のお尻の上で骨ばった手がうごめいた。

その瞬間、視界が真っ赤に染まった気がした。

「ッ！」

男がうめき声をもらした。

猛烈な怒りに突き上げられ、私は反射的に男の手の甲を引っ掻いていた。

「触んないでッ！」

初めて痴漢にあってから、ずっと「次こそ言ってやろう」と決めていた台詞が、ようやく出た。甲高く割れた泣き声になってしまったけれど、周囲が一斉に振り返った。

男の手をねじり上げ、警察に突き出してやりたいけど、そこまでは無理だ。男が今、どんな顔をしているか確かめる余裕もない。

私は極度の緊張に脂汗を流しながら荒い息を押し殺し、俯いたまま肩を上下させていた。

「ありがとうございます」

　女性のかすれたささやきが聞こえて、涙がこぼれそうになった。


「さっき、痴漢を怒ってやったよ」

　途中駅のホームで千晴を待ち構え、開口一番に報告した。

「すごい！　なかなかできることじゃないよ」

　千晴が興奮したように両手を掲げたので、パチンと音をたててハイタッチする。やった。やっとやった！

「でも、私が触られたわけじゃないんだ。隣の女の人が……だから言えたんだと思う。自分がされると……」

「それだってすごいよ。誰かが声を上げてくれるって、すっごく心強くない？」

　胸の奥に固く絡んでいた苦しみが、わずかにほどけた気がした。

　私が痴漢をされていると気付いても、無視する大人は何人もいた。喧嘩になったり騒ぎになるのは嫌だったし、見て見ぬ振りも諦めていた。だけど今日、かつての私を少しだけ救えたのかもしれない。

「あとこれ、プレゼント」

　また涙腺がゆるみかけて、最大級の笑顔を作る。カバンからお守りを取り出すと、千晴は穴が開くほど眺めてから口を尖らせた。

「気が早すぎ。これ見つかったらどうすんのよ」

怒られた。でもやっぱり、千晴は嬉しいのを隠すのが下手だ。

「今日は彼に会ってくる」

千晴はさらりと言ったけれど、いつも彼の話となるとピリッとした空気が走るのはなぜだろう。


「がんばって」

だけど私はもう何も聞かない。応援してるよ。


「おかえり。早かったのね」

授業が終わってまっすぐ帰宅すると、お母さんがこたつでみかんを食べていた。

「今日は友達に用事があって」

千晴の顔を思い浮かべながら、制服のままこたつに入る。冷たくなった足先を温めていると、お母さんは顔をほころばせた。

「学校楽しそうね。一学期の終わり頃は、ちょっと心配したけど」

やっぱり家でも暗い顔をしてたんだ、と内心ヒヤリとする。

「引っ掻くのも良くなってきたみたいね」

ふふふ、と嬉しそうなお母さんに、申し訳なさが募る。

「……あのさ、掻いちゃう原因て、実は——」

なぜ自分のことは声にできないんだろう。喉元で消えてしまう。

「実はアトピーじゃないかも。最近かゆくないし、自然に治ると思うんだ。だからそんな心配しないでよ」

私は乱暴に籠のみかんを摑んで皮をむくと、口に詰め込んだ。

「お腹空いてる？　お菓子なら——」

「いらない。身体に悪そうなの、止めることにしたから」

こたつを這い出して、みかんの皮をごみ箱にシュートする。

「お夕飯作るなら手伝うから、声かけてね」

「なによ江麻、どういう風の吹き回し？」

おかしそうに目をぱちくりするお母さんを残して、自分の部屋に籠ると鍵を閉める。

部屋着に着替えようと制服を脱ぎ、包帯の取れた傷だらけの腕に目が留まった。全身鏡にかけている布を外し、下着だけ身に着けた身体を映してみる。

「汚い……」

手の届かない背中以外、全身に掻きむしった跡が残っている。赤や白の爪痕。かさぶた。掻き続けたことで皮膚が分厚くなり、盛り上がっている箇所もある。

——こんな身体、誰にも見せられない。

みるみる気持ちが沈む。私に明るい未来はないんだろうか。

男性と身体を重ねるなんて想像できないけど、妊婦さんにはなりたいな、と最近よく思うのだ。処女だって、精子さえあれば妊娠できる。私もいつか、と夢想してしまう。

赤ちゃんが育っていくってどんな感じだろう。でもこんな汚いお腹じゃ、赤ちゃんも嫌かな……傷跡でざらつく自分のお腹に触れて、思わず涙ぐむ。

私はまた鏡を布で覆って、らくちん服に着替えた。首元まで隠せるタートルネック。露出度が低いほうが安心できる。

目的もなくネットサーフィンをしていると「お夕飯作るよぉ」と歌うような声が聞こえた。

「進んでお手伝いなんて、ずいぶん久しぶりねぇ」

お母さんに並んで台所に立つと、含み笑いをされて照れくさい。

野菜の皮むきをしていたら、携帯が鳴った。千晴専用の着信音。私は人参を放り出して電話にかじりついた。

「あ、垣内さん？　いまダイジョブ？」

妙に明るい千晴の声。うまくいったのかな……安堵した瞬間、押し殺すようなむせび泣きが漏れ聞こえた。

「どうしよう。私、わかんなくなってきた……」

「今どこ⁉」

千晴の居場所を確認すると、すぐさまコートを羽織る。お母さんが「どうしたの」と聞き出そうとしてくるのが鬱陶しい。

「ごめん、明日はちゃんと手伝うから！」

　困惑したまなざしを振りきり、家を飛び出した。

「中絶するなら費用は出す。産むのは許さない。認知もしないし、お金も出さない……最初から、ずっとそう言われてたの。だけど私、産みたくて」

　寒々としたオフィス街の人工的な休憩スペース。数少ないベンチにはスーツ姿の人が入れ替わり立ち替わりやってきて、そこに沈み込んでいる青いダッフルコートの千晴は目立った。

　私は千晴の彼氏に憎悪をたぎらせながら、泣きじゃくる若い妊婦さんに寄り添うことしかできない。

「従姉の不妊治療の話、覚えてる？　一時は養子縁組も考えたんだって。どうしても授からなかったら、養子をもらおうって。とにかく子供が欲しくて、毎日毎日祈ってたんだって……赤ちゃんは奇跡。生まれた命をみすみす殺せない。けど私ひとりじゃ育てられない。親は絶対反対するし、この歳でシングルマザーなんて無理」

　私は心臓が止まりそうになって、千晴の顔を覗き込む。

「まさか――」

「だから決めたの。赤ちゃんは産む。そして子供を切望する人の元で幸せになってもらおうって」

千晴は涙で歪んだ顔を上げると、かろうじて唇の端を引き上げた。

「妊娠がわかったときはパニックだったけど、調べてるうちに、赤ちゃんを養子に出せるってわかった。きっとお金も余裕もある大人の夫婦に育ててもらうほうが赤ちゃんのためだなって思ったら、なんかすごく安心できたの。私は産むのに専念すればいいんだって」

「それじゃ初めから……？　それが間宮さんの計画？」

そんなわけない。そんな簡単に子供を手放そうなんて割り切れるわけない。あんなに幸福そうに顔を輝かせて、赤ちゃん愛を見せつけたくせに。秘密ノートにびっしり書き込まれた几帳面な文字。何ページにもわたる、子育てメモはなんだったの？

千晴は遠くを見た。靄がかかっているような瞳。

「そう……でもお腹が大きくなって、赤ちゃんが育ってるって実感すると、自分で育てたいって迷いも出てきて。彼も自分の子供の命を感じたら『産んでくれ』って言うかも。そしたら二人で一緒に育てていけるかもって期待した。けど全然会えなくて、『堕ろした』って嘘ついて、ようやく今日――」

千晴の口がわななき、言葉が途切れた。

私はやり切れなさに身がちぎれそうだった。恋人に一縷の望みを抱いてしまった千晴を、誰が責められるだろう。

「育てる気もないのに産むなんて、子供がかわいそう。無責任って言われた。私も高校退学して未来を棒に振る。俺も知らないところで自分の子供が生きてるなんて耐えられない。皆が不幸になる、今すぐ堕ろせって……」

無責任。皆が不幸になる——全部、千晴のせいにするの？

涙が溢れてどうしようもなかった。持ち得る全ての愛しさを込めて、千晴を抱きしめる。

ずっと強がっていたけど、千晴だって本当は毎日不安でたまらなかったんだ。それすら気付けなくて「私が守る」なんて。

「もう中絶のタイムリミットぎりぎりだよ、どうしよう」

「……触ってもいい？」

力なく頷いた千晴のお腹に、そっと触れた。

大きくなってる。

前より確かに、大きく硬くなってる。

「なにが正しいかなんて、私にもわかんないよ。でも私は間宮さんのお腹に触れて、すごいって思っちゃったんだよ。このお腹がもっと大きくなる、赤ちゃんはもっと大きくなる。こんなすごいもの、諦めてほしくない。言ったよね、奇跡だって」

「……産んでいいかな？」

「いいよ。絶対いい」

私はきっぱり言い放った。千晴のように断言した。

知るか。先のことなんて知るか。

「だからこれ以上待たずに親に話してよ。病院でちゃんと診てもらおう」

ほとんど叫んだ。周りの大人たちが不審そうに振り返ったけれど、そんなことはどうでもいい。

千晴は唇を嚙んでしばらく考えていたけれど「わかった」と携帯を取り出した。画面をスクロールする顔が、心なしか青ざめている。

「初めて電話します。妊娠五ヵ月をすぎてて……はい、産みたいと思ってます。高一です」

——親じゃない……誰にかけてるんだろう?

この追い詰められた状況で、きちんと会話ができる千晴の冷静さに驚嘆する。でも右手に冷たい指先が絡んできて、千晴の左手が震えていることに気付いた。

——怖いに決まってるじゃない。

また同じ思い違いをするところだった。千晴も私と同じ十六歳の女の子。冷静に見せることはできても、辛いのは変わらないんだ。

私は千晴の凍える手を、強く握り返した。

「養子縁組支援のＮＰＯ」

電話を切ると、千晴はぽつりと言った。

「妊娠の相談にものってくれるし、病院も紹介してくれるって……本当はずっと前から番号登録してたの。でも相談したら、妊娠とか出産とか全部リアルになりそうで怖かった。馬鹿だよね、全部現実なのに。それにここに電話したら、赤ちゃんとバイバイしなきゃいけない気がして……」

「相談したら、養子に出さなきゃいけないの？」

「うぅん、養子縁組の強制はないし、問題があれば一緒に考えようって言ってくれた。すごく優しかったよ。もっと早く相談すれば良かった。垣内さんが何度も勧めてくれたのに……」

千晴は両手で顔を覆った。いやいやをする子供みたいに身をよじる。独りでは重すぎる問題を、何ヵ月も必死に抱えて耐えてきた。限界まで張り詰めていた気力が、荷を分けたことで途切れたんだ――

私は千晴に「大丈夫」って伝えたくて、背中をさすった。細い頼りなげな背中。

「先まわりして知識を付けて余裕ぶってたけど、本当はどんどん大きくなるお腹をどうすればいいかわかんなかった。恥ずかしかった。親に失望されるのが怖くて、逃げてただけなの」

絞り出された千晴の言葉が、胸に食い込んで痛い。親に話せない気持ち、わかる。

「親には今夜話すよ」

はれぼったい目を上げて、千晴は静かに宣言した。

「彼は？」

「もういい、過去だから。一生会うこともない」

千晴が彼について初めて迷いのない声を出した。屑にしか思えないその男に、一つの恨みも愚痴も漏らさずに。

私の好きな人――千晴が繰り返した言葉を思い出しながら聞いた。

「ＮＰＯにはいつ行くの？　もし間宮さんの親が出産に反対したら、私が一緒について行こうか」

「いいの？」

「もう一度、お腹触らせてくれたらね」

千晴は「なにそれ」とクシャッと泣き笑いになった。コートのボタンをはずし、ニットワンピースの上から触らせてくれる。

息をのんだ。つい二週間前とはあきらかに違う。身体の線が出ると、誰が見ても「妊婦さんのお腹」だ。今まで目立たなかった小さなふくらみが、ぐっとせり出している。身体の神秘に目がくらむ思いで、赤ちゃんを包む丸いお腹をふんわり撫でた。

「垣内さんに妊娠がバレたとき、産むって言ったけど、本当は自信なかったんだ。でも初めてお腹に触ったとき、無条件に『すごい』って感動してくれたよね。それがすごく、すごく嬉しかった」

トン。そのとき、私の手になにかが当たった。千晴のお腹の中から、誰かいますか、とノックしたみたいな……

思わず千晴と顔を見合わせる。形容できない興奮が、ぶわっと全身の毛穴から噴き出す。

「もう一度！」

「がんばれ！」

二人でお腹を励ます。がんばれ、がんばれ！

ぽこん、とまた動いた。今後はもっとはっきり、押し上げてくる感触があった。ビー玉くらいのころりとしたものが、私の手のひらをかすめた。一瞬だったけれど、小さな小さな踵だと思った。

――動いてる、生きてる……！

「赤ちゃん、やっぱり育てたくなったらどうしよう」

すっかり弱気になっている千晴の肩を抱く。

「それもいいじゃん。今、一人で全部決める必要ないよ。計画通りにする必要ないし、いろんな人に助けてもらえばいいじゃん」

魂が震えるって、こういうことなのかな。ひたひたと神聖なものが満ちてきて、私まで新たな命を吹き込まれる気がした。

千晴も赤ちゃんも、すごい。

しっかり生きてて、すごいよ。

ジコセキニンとか知るか。これ以上、私たちを追い詰めないで。

「私も親に痴漢にあったこと、ちゃんと話すよ。それが今もすごく苦しいって、だからかわかんないけど、自分を傷つけちゃうって相談する」

きっと親はショックだろう。黙っていたことを怒るかもしれないし、私がちゃんとしてないせいだと叱るかもしれない。でも記憶を塗りつぶしてやりすごしても、また同じ問題にぶつかる気がする。

――信じよう。助けを求めよう。

千晴のお腹に触れると、また赤ちゃんから挨拶があった。「そうだ、がんばれ！」って拳を突き上げられたみたいだった。

「江麻のこと、好きみたい」

ぐしゃぐしゃの顔いっぱいに、千晴が不細工な笑顔を咲かせた。

「千晴のこともね」

この感触を、私は生涯忘れない。千晴の守った、奇跡——


玄関で出迎えてくれたお母さんに、靴も脱がずに突っ立ったまま打ち明けた。ずっと喉元でつかえていた言葉は、一度声になると怒濤の勢いで止まらず、涙も鼻水も同様だった。

「よく話してくれたね」

喉がカラカラになるまで語りつくすと、お母さんの分厚い胸に抱き寄せられた。

「お母さんも昔、ひどい痴漢にあったことがあるの。すごく怖かったけど、誰にも話せなかった。江麻は自分で言えてすごいね。強いね。江麻のＳＯＳに気付いてあげられなくて、ごめん」

お母さんの身体はたっぷりお日様を吸い込んだ布団みたいに柔らかくて、なんだか懐かしかった。包み込むように抱きしめられて、まるで赤ちゃんに戻ったみたい。

「ありがとう」

囁き声を聞きながら、私はその温かい胸に顔をうずめた。

ファントム・バイブレーション

「食事中」

やんわり注意されて、俺はスマホから顔を上げた。

前の会社の同期だった灯馬は、ランチ定食のとんかつに箸を伸ばしながら「冷めるぞ」と笑ってくれた。

「一緒にいてもスマホばかり見てる」——彼女に怒られてばかりいたことが蘇り、少し気が滅入る。フラれて暇になってからというもの、スマホを手にする時間はさらに増えていた。

「ごめん、スマホが震えた気がして」

「ファントム・バイブレーション・シンドロームってやつだ。震えてないのにスマホの振動を感じたり、鳴ってない着信音が聞こえる現象をそう呼ぶんだって」

淀みない解説に「よく知ってるな」と感心してしまう。

「実は俺も彼女も依存症になりやすい体質みたいでさ。関連記事は、気にして読むようにしてるんだ」

柔和な性格の灯馬が、不穏なことを言うのに驚く。

先月、新宿《しんじゅく》駅前で灯馬が彼女といるところに偶然鉢合わせし「今度飯でも食おうぜ」と盛り上がってからの今日だった。土曜の昼、居酒屋の簡易個室は狭いが居心地が良く、人目を気にせずのんびり話すことができた。

「さっき『最近集中できない』とか『物忘れがひどい』って言ってたけど、スマホ依存のせいじゃない？」

「いや、SNSは見る専門でほとんど発信しないし、そんなのめり込んでもないし」

俺まで依存症扱いかよ、とさすがに癇に障ったが、

「受け身で使ってても、毎日スマホ漬けでどっぷり情報の洪水に浸かってると脳が疲れるんだって。脳過労って呼ばれるらしい」

尤もらしく説明されれば気にもなる。早速「のうかろう」で検索しようとして、スマホ画面を塞がれた。

「そうやってなんでも検索すれば一発だから、自分で考えなくなる。物を覚えなくなる。で、脳みそが衰えて記憶力や判断力が鈍る」

「おどかすなよな」

俺は唇の端を持ち上げてみせたが、ありそうで背筋が寒くなる。

「でも、スマホなきゃ生活できないのも事実じゃん」

「まぁそうだけど。毎日どれくらい使ってる?」

そうだな……俺は朝から晩までの行動を振り返ってみる。

スマホのアラームで起きて、ベッドでSNSチェック。朝飯を食いつつ、テレビがないからラジオアプリ。通勤電車でゲームアプリ。仕事中は営業の携帯と二台持ちで常に机の上に置いてチェックし、トイレにも持ち込む。昼飯のお供はネットサーフィン。夜、自炊するときはレシピ検索することも。夕飯中は動画、自動再生につられてつい延々と見る。自宅でゲームは減ったが、マンガアプリは三つ入れてよく使う。気付けば深夜で「時間が足りね

え」と愚痴りつつ、音楽アプリでBGM流して寝る準備。ベッドでSNSやニュースを斜め読みして、アラームセット。枕元へ――

「丸一日、使い倒してる」

愕然とした。あまりに自然に一緒にいるからスマホも身体の一部みたいなものだが、こんなに頼っていたなんて。もちろんメッセージがあれば即返信するよう心掛けている。既読スルーされると「どうでもイイ奴」と見なされているようで腹が立つし、落ち込むから。

俺がしかめ面をしたせいか、灯馬はわざとらしく明るく頷いた。

「だよな、俺も自分のスマホの使用時間見て、かなり落ち込んだよ」

スクリーンタイムを確認できる機能があるなんて知らなかった。おそるおそる調べると、初期設定ではオフになっていたようだ。わからないで良かった、と胸をなでおろしている自分がいた。

真っ赤で攻撃的なデザインのバイク。灯馬と一緒に働いたのはたった一年で、イイ奴だけど地味という印象しかなかった。それを見事に覆され、悔しくすらなる。

「趣味バイクとか、かっこいいな」

「おまえも趣味探せよ。スマホばっかいじってないでさ」

悪気のなさそうな笑顔に、俺は肩をすくめるしかない。

灯馬は片手を上げると、アクション映画のヒーローさながら颯爽と去っていった。その後ろ姿を苦々しい気持ちで見送ると、俺は早速「スマホ依存症」を検索した。

あれもこれも、当てはまる。スクロールする指が止まらない。

「落ち着け……」

十分以上棒立ちで画面に食いついていた。ジャケットのポケットにスマホを戻して歩き出す。数メートル行った地点で、今度はメールを確認していた。無意識にスマホを操っていることに衝撃を受ける。

思い切って電源を切り、カバンに入れた。しばらく使わないぞ、と心に決めたものの、途端に糸が切れた凧のように心許ない気分に陥る。こういう時に限って、誰かが大事な連絡をしてくるんじゃ……何度もカバンに手を伸ばしかけ、理由を探してはスマホを触りたがる自分を叱咤する。

すれ違う人の煙たそうな表情に、俺が不機嫌をまき散らしていることに気付いた。スマホを使えない、というのはひどいストレスだ。拷問に近い。意識すればするほど手にしたくなり、心の内で激しい攻防戦が繰り広げられる。一分一秒が長い。無駄に疲れる。

――そういや近くに本屋があったな。久々に寄っていくか。

スマホから意識を逸らそうとして、地図アプリを開こうとしていた。何やってんだ。道順くらい調べないでも覚えてるだろ。

「あった、〈スマホ依存〉」

依存症関連の本は予想以上に並んでいた。アルコール依存、ギャンブル依存、共依存……

世の中にはどれだけ依存症が溢れているのかと慄きつつ、カバンを床に置いて本気の立ち読みを開始する。

頁をめくっていると「デジタル認知症」という言葉が目に飛び込んできた。そうなんだよ。ちょっとした内容も覚えていられなくて、スマホにメモったり写真に撮らないと安心できないし、簡単な漢字も出てこないから自動変換して確かめてる。

——俺、二十代でボケ始めてんの？

夢中で読み進めていると、人が来たので棚の前からどく。好奇心から横目で見やると、大学生らしいおとなしそうな女の子が『クレプトマニア・盗癖と向き合う』なる題の本を手にしたところだった。心理学の研究か？　まさか当事者？

彼女が突然振り返ったので、もろ視線が合ってしまいうろたえる。彼女は冷めた目で俺が床置きしていたカバンを見下ろし、本を抱えたまま棚から離れていった。「危ないですよ」と囁きを残して。

盗み見していた罪悪感に加え、注意までされて恥じ入る。俺はカバンを持ち上げると、読みかけの本を手にレジに向かった。

本を買うなんて何年ぶりだろう。情報なんてネットにいくらでも無料で転がっている。でも体系立てて詳しくまとめられている「本」も悪くない。フェイクニュースの可能性も低いだろう。

——ブルーライトは身体に良くないって書いてあったしな。

ここ数年、めっきり視力が落ちて肩も凝る一方だ。全部がスマホのせいとは思わないが、紙媒体の優しさを信じることにする。

スマホがないッ——一瞬心臓が止まりそうになったが、カバンに入れていたんだ、と脱力した。定位置のポケットに相棒がいない心細さを嚙みしめながら、電車に揺られる。

もう一時間も電源オフにしていた。確かめたい。苛々する。だがもう少し、せめて家まで頑張るんだ……本を読み始めたものの、スマホが気になって文字が頭に入ってこない。だんだん腹が立ってきた。これじゃ何もできやしない。ちょっとだけスマホを見て、冷静になれるならそのほうが効率的じゃないか。車内を見渡せば、皆スマホをいじっている。依存っていうか、共存なんだよな。程度の問題なんだ、使うこと自体が悪いわけじゃない……

耐えきれず、ついにスマホをオンにした。起動するまでの遅さにキレそう。でも手の中にスマホがあると安心できて、安堵のため息を吐いていた。

ちょっとだけ、と思いながら無心に画面に見入る。一通の連絡もないことに虚しくもなったが、最寄りの改札を出てもスマホから目が離せない。もう充電が切れそうだ。バッテリーはそう古くないはずなのに、朝フル充電しておいても一日もたない。

「ッ！」

点滅する青信号を渡っていて、後ろからぶつかられた。忌々し気な舌打ちに追い越される。つんのめった拍子に手からスマホがすり抜けたのが、妙にスローモーションに見えた。

スマホはアイスホッケーのパックのように軽やかに道路上を滑った。往来する人たちの足元に隠れたかと思うと、蹴飛ばされたのか消えている。見失った隙に信号が赤になってしまった。

俺は歩道から身を乗り出し、血眼で探した。

——あった！

車はすぐ動き出すわけじゃない。今ならまだ……なりふり構わず飛び出した。が、猛烈に肩を引かれて今度は尻もちをつく。

呆然としていると「すみません、乱暴に」と恐縮した声の持ち主に助け起こされた。蟷螂《かまきり》みたいに尖った顎、マンガみたいに巨大な目。あの怪力で俺を引き留めてくれたのが、この人形みたいな男性なのかと現実を疑う。

「飛び出しちゃダメよ」

男性の連れらしいおばあちゃんからは、孫をなだめるように注意された。二人に頭を下げながら、今日注意されんの何度目だよと密かに自嘲する。

——そうだ、スマホ……

目をやったまさにその時、相棒は車に轢き潰された。

声を失い、ただ轢かれ続けるスマホを見守る。気が遠くなり、倒れそうだった。その光景がショックなのはもちろん、スマホのために死んでいたかもしれないと思うと血の気が引いた。粉々のスマホと共に棺に納められる自分が浮かぶ。笑えない。

ようやく駆け寄ることが叶ったとき、画面は無残に大小無数のひびが走り、真っ黒に沈黙していた。ハードケースはもちろん、本体の一部も砕けて剝がれ、液晶が露出している。

道路のど真ん中で膝をついて泣きたくなったが、これは天罰……いや、天のお告げなんだろうか？

家に帰ってパソコンで調べてみると、スマホを車に轢かれた体験談は意外と多く、俺一人じゃないと励まされる。絶望的にむごい姿になっていたが、画面が大破しても基盤が壊れていなければ直るらしい。一縷の望みに思わず拳を握りしめていた。

「近くの修理店は……」

店の住所と駅からの道順を書き写す手間に、眩暈を覚える。スマホならスクリーンショットで一秒なのに——気持ちが逸って手が震え、汚い字が余計に見苦しくなる。

早く。早く助けてやらないと。これ以上壊れないようスマホを慎重につまみ上げ、フリーザーバッグに入れる。毛細血管のようなひびに覆われた画面。こいつがまた生き返るかもと期待を込めて覗き込み、不意を衝かれた。呪われた鏡のごとく砕けて黒光りする画面のなかに、虚ろでしまりのない笑みを湛えた薄気味悪い男が映っていた。

「まるで——」

絶句した。まるで、ジャンキーだ。割れて歪んでいる自分の顔が、テレビや映画で観る、シャブに溺れたチンケで卑屈なチンピラそっくりに思えた。

「スマホ依存のせいじゃない？」

灯馬の声が蘇る。まさか。そこまでひどくない。でも……

一呼吸置いて、胸に手を当ててみる。今の俺はジャンキーと同じ。スマホが欲しくてたまらない中毒患者。

今すぐ修理店に行かねばと気が気でなかったが、急に頭が冷えた。本当に、そんなに急ぐ必要があるのか？　買った本にも、意識して「スマホ断ち」する時間を作るべきとあった。修理に出すのは明日、いや二十四時間後にするのはどうだろう。電源オフも一時間しか我慢できなかった。こんな機会、もう二度とないぞ。

――これが「お告げ」なら、もう少し「試練」に耐えてやるさ。

なにか底知れぬ力が働きかけているとでも考えなければ、やっていられない気もした。スマホなしの不便な生活を丸一日乗り越えられたら、俺も少しは変われると信じたい。いや、信じろ。

スマホが視界に入らないよう、フリーザーバッグを机の引出しにしまい、鍵もかけた。迷った末、鍵は冷蔵庫へ。たった一手間、二手間だが、これをもって封印とする。

さぁ、俺はスマホから自由だ。何をする？

部屋を見回すが、なにもない。スマホ依存の本はおもしろくないから、家でわざわざ読む気にはならない。パソコンで動画を見そうになるが、それじゃスマホ漬けの日々と大差ない。

何をしよう？

何ができる？

何がしたい？

浮かばない……手持ち無沙汰で、無意味に部屋をうろつき始める。部屋の片付けでもするか。でも億劫だ。やる気が出ない。やっぱりスマホを修理に出すか。おいおい、三分前の誓いはどうした。

もう寝ちまおう、とベッドに不貞寝する。目をつぶったところで眠れやしない。予定もないのに急き立てられているようで、摑みどころのない恐怖に脅える。不安で神経が昂り、目は冴えるばかりだ。

安い遮光カーテンは役立たずで、電気を消しても部屋が明るい。まぶたの裏までうっすら光が届き、晴天の休日を無駄にしていいのかと責められている気がした。


「つまんねぇ……」

こうなったら散歩してやれ、と自暴自棄で家を出たものの、歩くだけなんて暇すぎる。そういえば、外出中は音楽を聴いていることがほとんどだ。散歩すらスマホなしじゃ味気ない。間が持たない。

俺、スマホのない時代、どうやって生きてたんだっけ？

公園を突っ切ると、藤棚の下で酒盛りをしているじいさん連中がいた。赤ら顔で機嫌良さそうに碁かなんか打って、楽しそうだ。きっとスマホのない苦しみなんて無縁だろうな……羨ましそうな顔をしないよう無関心を装って、すぐ横を通り過ぎる。

　でもなじいさん、スマホがあれば家で独りぼっちでも、オンラインで世界中の人と碁が打てるんだぜ？　わざわざ出かけなくていい、面倒な人間関係もいらないって、すごい楽だぜ？

　空のポケットに手を突っ込み、手のひらにしっくり馴染《なじ》む、四角いフォルムが恋しくなった。前屈みで歩を速めながら、スマホは精神安定剤でもあったんだなと痛感する。拠り所がほしい……

　唐突に、大好きだった人の笑顔が脳裏をかすめた。いつからだろう、彼女があの小手毬みたいな温かい笑みを見せなくなったのは。最後は俯いたまま、淡々と別れを切り出した彼女。引き留めることもできない俺に、一度だけ振り返って見せた表情は――

　慌てて記憶の奥底に押し戻す。

　スマホがあったから、俺はフラれた後もなんとか気を紛らわせてやってこられた。なかったら、きっと立ち直れなかった。でもスマホがなければ、彼女と二人の時間をもっと大切にできたんだろうか。フラれることも、なかったんだろうか。

　万能薬、ゆえの劇薬……くそッ、頭がこんがらがる。

　陽が傾いてきたが、帰る気にもならない。だってなにする。やってみたかったことは、いっぱいあるはずなのに。

ギター？　憧れるが高い。宝の持ちぐされになりそう。

英語？　何度挑戦しても、続いた例《ため》しがない。

料理？　食べさせる相手がいたらなぁ。

やみくもに歩きまわっているうちに、見慣れない場所に出た。アパートの多い賑やかな地区から、古くからの一軒家が続く閑静な住宅街に。空気までしっとりと穏やかに変化したようだ。

細い裏道に迷い込むと、立て看板を出している家があった。民家を改築した小さなケーキ屋。秘密の隠れ家を発見したようで嬉しくなる。俺はコンビニの新作スイーツは欠かさずチェックしている甘党だが、飲食店に入る前にはまずクチコミを調べるのを鉄則としている。今はそれができないが「ここはうまい」と直感が報せていた。スマホに頼らないのは久しぶりだ。

男一人で気恥ずかしくもあったが、店内に入ってみるとこぢんまりとしたショーケースに並ぶ素朴なケーキを眺めるだけで胸が躍った。シュークリーム、エクレア。ガトーショコラやベイクドチーズケーキも手摑みでいけるか……食べ歩こうと真剣に選んでいると、小気味よい引き戸の音がして、高校生くらいの女の子が入ってきた。

「お先にどうぞ」

俺の後ろで待つそぶりなので声をかけると、彼女は「ありがとうございます」と鈴の音のように可憐な声を出した。肌が弱いのか、首元が少し赤い。俺も高校時代はニキビに悩まされたから、彼女も苦労してるんだろうなと勝手に同情する。

「誕生日祝いのネームプレートもお願いできますか。〈千晴ママ〉で」

少女は既に決めていたらしい苺のショートケーキのホールを指さしながら、顔を赤らめて付け加えた。

「できれば、最後にハートマークも入れてほしいんですけど」

俺まで顔がほころんでしまった。娘に誕生日を祝ってもらえる母、嬉しいだろうなぁ。

リボンをかけた箱を大事そうに受け取る少女から、幸せをお裾わけしてもらった心地がした。ネットで読む「ちょっとイイ話」は日常の癒しだが、リアルで誰かの思いやりに触れる機会はなかなかない。ありがとう、少女。

「近場の公園とかで食べたいんですけど」

俺は悩み抜いてケーキを選ぶと、恥を忍んで申告した。

店員は笑顔で木の匙と紙ナプキンを付けてくれ、ベンチのある広場への行き方まで教えてくれた。

「うま！」

ふわふわのスポンジ生地に、たっぷりの生クリームと苺。俺もどうしてもショートケーキが食べたくなってしまったのだが、頼んで正解だった。上質な糖分が細胞に染みわたっていく。スマホが轢き潰されてから麻痺していた脳みそも、ようやく動き出すようだ。力が戻ってくる。

自らの足で引き寄せた出会いに感謝しながらしみじみ味わうと、再び歩き出した。闘志が湧いてきて、胸を張って姿勢を正す。

やりたいことが見つかるまで、歩いてやろうじゃないか。

いま何時だ？

いつもスマホで時間を見ていたから、仕事以外で腕時計を付ける習慣がない。辺りはすっかり暗く、小銭入れの残金と相談してファストフードの店に入る。店内の時計は十九時半を指していた。

いつもなら充電できる席を確保しスマホをいじるところだが、二階の窓側席に座った。若者が多かったが、週末の夜のせいか家族連れも数組。大半の客がテーブルの上にスマホを置いている。ゲームでもしているのか、全員無言で首を落とし、画面上を高速で叩いているグループもいた。

俺と連絡がとれなくて心配してる人はいるかな。無視されてるって怒ってないかな……ひたすら歩くなかでスマホと少しだけ距離を取れた気がしたのに、見せつけられると焦燥感と不安がぶり返した。スマホに興じている奴らが妬ましい。

脚を揺らしながらハンバーガーにかぶりつき、トレーのチラシにまでＱＲコードが付いていることに眉をひそめた。世界は至るところでスマホを使わせようと、トラップを仕掛けている。

窓の外に視線を投げる。他に選択肢がなく道行く人の観察を始め、一人の食事中にスマホ以外を眺めていることを新鮮に感じた。

住宅街の小さな商店街はそれほど人通りが多くないが、老若男女様々だ。時々ランニングしている人もいて、スタイリッシュな専用ウェアに身を包みハイペースで飛ばす女もいれば、家着っぽいジャージでお腹を揺らし、歩いてるんだか走ってるんだかわからない男もいる。その男が立ち止まり、苦し気に肩を上下させながら物欲しそうに店を見たのでニヤついてしまう。と、さっき風のように走り去った女が戻って来た。男を励ましているようだ。二人は笑い合うと、ウォーキングに切り替えて仲睦まじげに来た道を引き返していった。

カップルだったのか。もしや夫婦？　墨汁が滲むように黒い嫉妬が胸に広がる。憐れな小太りの男が急に眩しく感じられた。リア充様とはね。これも一つの「ちょっとイイ話」なのに、俺は素直になれない。なぜこうイジケてひねくれてしまうのか、理由は自分でもよくわかっている。握りつぶしかけたハンバーガーの包装紙をできるだけ丁寧に畳み、席を立った。

ランニングは嫌いだが、一人で気楽に始められるスポーツなら挑戦してもいいかもしれない。筋トレは却下で……

もう帰るべし、と脳内警報が鳴っていたが、いま引き返したら負けという気持ちが勝《まさ》って歩き続ける。前へ、前へ。

なにげなく空を見上げて、思わず足を止めた。満月。完全無欠の、煌々と明るい月。

あまりに綺麗で息をのんだ。写真を撮ろうとポケットに手を入れるが、スマホはない。

俺が、覚えてればいいんだ――

「え、あんな所から歩いてきたの？」

交番の中年巡査は地図を広げ帰り道を教えてくれたが、時折血色の良い頬をおかしそうにむずつかせた。このGPS全盛期に道に迷う若者はそういないのだろう。

スマホがなきゃ、何もできない。己の無力さを思い知る。だが不思議と羞恥も屈辱も感じなかった。「試練」を経てわずかに悟りを得たような、静かな心持ち。

「月が綺麗な夜は、迷子が多いんだよ」

嘘か本当かわからない台詞が、妙に胸に響いた。どっちでもかまわない。ただ、このささやかな冒険を忘れまいと思った。

「もう遅いんだから、気を付けてね」

ついにお巡りさんにまで注意された。

帰宅すると一時をまわっていた。靴を脱いだ途端、重力が変わったのかというほど肉体を重く感じた。最後の力を振り絞ってベッドに倒れ込み、目を覚ましたのは翌日昼すぎ。ここ何ヵ月も寝付きも悪ければ深く眠ることもできなかったのに、半日も眠り続けられたなんて奇跡だ。起きても身体が怠いのが常だったから、あまりに爽快な目覚めに動揺してしまう。

いつもの習慣で枕元に手を伸ばし、そこにあるはずのものがないことに慌てたが、すぐに昨日の顚末を思い出して苦笑した。スマホがないと大事な忘れ物をしているみたいで、やっぱり落ち着かない。俺自身も世界から忘れられてしまいそうな恐怖。

シャワーを浴び、目玉焼きのせトーストを食べながら、カバンに入れっぱなしだったスマホ依存の本を改めて開いてみる。どうやら俺が情緒不安定になっているのは、スマホが使えない「禁断症状」の表れらしい。それでも人生が終わった気分でいた昨日に比べれば、ずいぶんスッキリしている。楽観的すぎるかもしれないが、依存から抜け出す過程にあるのではないか……模糊とした視界の鮮度が、ふいに上がった気がした。

俺はＳＮＳで「いいね」が欲しいわけでもない。ゲームやマンガアプリの有料サービスは使うけど、何万と注ぎ込んでるわけでもない。俺以上にスマホにハマってる奴なんてごまんといるし、それなりに使いこなせているつもりだった。

「でもやっぱ、依存してたんだな」

なんと言われようが今後もスマホは手放せないし、否定するつもりもない。でも小さな画面にかじりつきながら「人生を無駄に消費している」という苛立ちと諦めが、常に頭の片隅にこびりついて離れないでいた。心から肯定できず、後ろ暗さを引きずっていたのは、これじゃ駄目だとわかっていたから。でも何度止めようと決めても、こんな事が起きるまで止められなかった。

俺は本を閉じると「あーあ」と力いっぱいため息を吐いてみる。

「そりゃ愛想も尽かすよな」

彼女は嫌になるほど根気よく叱ってくれたのに、俺は止める止めると約束しては裏切って、優しさを踏みにじり、信頼を傷つけた。

スマホから怒濤のように流れ込む情報。有益そうなニュース、刺激的な映像……自分の意志で選んでいるようで、全て選ばされている。その仕組みに勘付きつつ無気力に身を任せていたように、つまらない仕事も、代わり映えのない生活も、愛する人に見放されつつある事実でさえ、気付かないふりをして流されることを選んだ。そのほうが楽だから。

「毎日毎晩、なにがそんなに楽しいの？」

あの危うく崩れそうな張り詰めた声にも、俺は顔を上げなかった。怖かったんだ。彼女がどんな顔で俺を見ているのか、確かめるのが——

手書き地図のいびつさに辟易したが、案外すんなり目的地の修理店に辿り着いた。

満身創痍《まんしんそうい》のスマホが恭しく白いトレーに載せられるのを見て、なぜか「遺留品」という言葉が浮かんだ。不吉な予感に駆られたが、スマホと共に奥の部屋に消えた店員は、受付に戻ってくると勿体ぶった笑みを浮かべた。

「ご安心ください、基盤は無事でした」

俺は感動で叫びそうになった。これだけ最悪の状態から、本当に直せるなんて！

「お見積もりは、こちらになります。お時間は一時間ほどみて頂ければ」

店員が誇らしげに差し出した書類を、俺もまた満面の笑みで受け取り、固まった。朗報に興奮していたが、三回ゼロの数を数え直す。高い。高すぎる。想定を遥かに超えていた。

「ちょっと、考えます」

努めて冷静に言うと、呆気にとられている店員を残し、逃げるように店を飛び出した。

——液晶にボタン、ハード全取っ換えとはいえ、あの値段は……

幸いスマホのデータはバックアップを取ってある。バッテリーの減りもひどかったし、この際新しく買ったほうが安い。使い方も考えて、契約プランも見直そう。アプリも必要最低限に。

「悪いな」

粉々のスマホにそっと別れを告げ、定位置のポケットに弔った。

早まっていた鼓動が、徐々に平静を取り戻す。一歩進むごとに、確信が深まる。

——これは、スマホ生活を仕切り直すチャンスなんだ。

震えを感じた。心臓からビリッと、全身にこだまするようなさざ波。第六感は信じない性質《たち》だが、これはファントム・バイブレーションなんかじゃない。

俺も、少しだけど、変われる。

まっすぐ前を向いて人々とすれ違い、誰もが顔を持っていることに初めて気付いたような気がした。この人たちのほとんどがスマホを持っていて、何人かは俺と似たような葛藤を抱えているのかもしれない。そう思うと、仏頂面も、暗い顔も、幸せそうな顔も、なんだか全て愛おしい。

相変わらずやりたいことは見つからないが、突然お人好しにでもなったような単純な自分も、意外に悪くないと思った。

装画　雪下まゆ
装幀　ｂｏｏｋｗａｌｌ

初出一覧

呼ぶ骨　「小説現代」２０２１年３月号
燃える息　書き下ろし
ジューンブライド・バナナパフェ　書き下ろし
鈴木さんのこだわり　書き下ろし
二十一週六日　書き下ろし
ファントム・バイブレーション　書き下ろし

パリュスあや子（ぱりゅす・あやこ）
神奈川県横浜市生まれ、フランス在住。広告代理店勤務を経て、東京藝術大学大学院映像研究科・映画専攻脚本領域に進学。「山口文子」名義で映画『ずぶぬれて犬ころ』（本田孝義監督／2019年公開）脚本担当、歌集『その言葉は減価償却されました』（2015年）上梓。『隣人X』で第14回小説現代長編新人賞を受賞しデビューに至る。

燃《も》える息《いき》

第一刷発行　二〇二一年九月二十七日

著者　パリュスあや子《こ》

発行者　鈴木章一

発行所　株式会社　講談社
〒112-8001 東京都文京区音羽二―一二―二一
電話　出版　〇三―五三九五―三五〇五
販売　〇三―五三九五―五八一七
業務　〇三―五三九五―三六一五

本文データ制作　講談社デジタル製作

印刷所　豊国印刷株式会社

製本所　株式会社国宝社

定価はカバーに表示してあります。

Printed in Japan　ISBN978-4-06-524540-8

N.D.C. 913　246p　19cm

KODANSHA